KB263925

존 오듀본 이야기

세 상 의 모 든 새 를 그 리 다

존 오듀본 이야기

초판 1쇄 인쇄 2009년 9월 10일
초판 1쇄 발행 2009년 9월 15일

지은이 콘스탄스 루크 | **엮어 옮긴이** 김선희
펴낸이 이영선 | **펴낸곳** 서해문집
주간 강영선 | **편집장** 김선정
편집 김문정, 이윤희, 김계옥, 임경훈, 성연이, 최미소
디자인 오성희, 김민정, 김현주
마케팅 김일신, 박성욱 | **관리** 박정래, 손미경
출판등록 1989년 3월 16일 (제406-2005-000047호)
주소 경기도 파주시 교하읍 문발리 파주출판도시 498-7
전화 (031)955-7470 | **팩스** (031)955-7469
홈페이지 www.booksea.co.kr | **이메일** booksea21@hanmail.net

ⓒ 서해문집, 2009
ISBN 978-89-7483-398-5 43840
값은 뒤표지에 있습니다.

이 도서의 국립중앙도서관 출판시도서목록(CIP)은 e-CIP 홈페이지
(http://www.nl.go.kr/ecip)에서 이용하실 수 있습니다.(CIP제어번호: CIP2009002538)

AUDUBON by Constance Rourke

책상위 교양 18

세상의 모든 새를 그리다

존 오듀본 이야기

John James Audubon

콘스탄스 루크 지음 | 김선희 엮어 옮김

서해문집

"이 나라의 새를 다 그리겠어."

– 은근과 끈기로 일궈낸 박물학자의 일생–

처음 오듀본에게 관심을 갖게 된 것은 순전히 주부다운 취향 때문이었다. 언젠가 도자기 매장을 둘러보다 여러 가지 새 문양이 들어간 접시를 본 적이 있다. 정교한 새 그림이 너무도 신비롭고 아름다워 걸음을 멈추고 한참동안 그 접시들을 들여다보았다. 접시 뒤에 적힌 오듀본이란 이름을 확인했지만 이내 기억에서 멀어졌다.

오듀본과의 재회는 2004년에 이루어졌다. 우연히 뉴베리 수상작 목록을 보던 중 오듀본

오듀본의 작품을 이용해 도자기 회사 워체스터에서 만든 상품들.

이라는 이름을 보게 된 것이다. 이름을 본 즉시 벽걸이 장식으로 써도 부족함 없는 그 접시를 떠올렸고 곧장 '1937년 뉴베리 아너상 수상작' 《오듀본》에 대해 조사했다. 특히 내 호기심을 더욱 잡아끈 것은 인터넷 서점 아마존에 올라온 어느 독자의 서평이다.

이 책은 콘스탄스 루크가 쓴 꽤 유명한 화가이자 인류학자인 오듀본의 전기이다. 특별히 어린이만을 위해 쓴 책이 아님에도 불구하고, 미국 어린이 문학에 크게 공헌한 대가로 1937년 뉴베리 아너상을 받았다. 오듀본은 멋진 생을 살았다. 자연스런 배경의 아름다운 그림만 알려진 것이 아니라, 새의 연구에 있어서도 너무나 유명하다. 오듀본은 철새의 이동 경로를 알기 위해 최초로 새 다리에 밴드를 묶은 사람이다.

조류학의 아버지라고 하는데, 2004년 당시까지 국내에 소개된 오듀본 관련 책은 한 권도 없었다. 호기심이 더 일 수 밖에 없었다. 이 책을 하루빨리 구해 보고 싶었지만 구할 길이 막막했다. 이미 수십 년 전에 절판된 책이었으니 국내, 국외 어디에서도 구입할 수가 없었던 것이다. 다행히 대학에 적을 두고 있는 남편 덕분에 이 책의 원서를 어느 대학 도서관에서 소장하고 있다는 사실을 알게 되었고, 나는 그 대학에 이메일을 보내 어렵사리 원서의 복사본을 손에 넣을 수 있었다. 곧 번역 기획서를 작성했고 한 출판사에서 즉시 이 책의 출간에 관심을 보여 주어 번역을 마칠 수 있었다. 그러나 그 출판사의 내부 사정으로 출간은 기약 없이 미루어지고 말았다.

번역 원고를 썩히기가 너무 아까웠다. 다시 나는 서해문집 김흥식 사장께 원고의 사정을 설명하는 이메일과 함께 번역 원고를 보냈다. 고맙게도 서해문집에서 흔쾌히 출간을 허락해 주었다. 그러나 기쁨도 잠깐이었다. 처음으로 오듀본을 국내에 소개한다는 자부심으로 뿌듯했지만 이번에도 출판사의 바쁜 일정으로 출간은 차일피일 미루어졌다. 그렇게 해를 몇 번 넘겼고 그 사이 다른 출판사에서 오듀본을 다룬 어린이 그림책이 출간되기도 했다. 퍽 실망스러웠다. 그러나 모든 일에는 양면성이 있다고 했던가. 오듀본의 가치가 국내에서도 인정받기 시작한 것 같아 나름 다행스럽기도 했다. 번역가라면 누구나 이처럼 좋은 작품을 국내에 번역, 소개하고픈 열망이 있을 것이다.

이 책은 이처럼 오랜 시간 모진 시련을 거치며 세상에 나오게 되었다. 이렇게 장황하게 출간 경위를 설명하는 건 힘들게 세상에 나오는 만큼 그 열매도 컸으면 하는 번역자로서의 바람 때문이다. 돌이켜 보면 번역을 막 시작한 시기의 작품이라 의욕만 앞섰지 엉성한 부분이 많다. 부디 독자들의 넓은 아량으로 이해해 주었으면 한다.

오듀본은 도미니카의 산토도밍고(현재 아이티)에서 태어나 1791년 프랑스로 건너가 고전주의 화가 J.L.다비드로부터 그림을 배웠다고 전해진다. 열여덟 살 때 혼자 미국으로 이주한 뒤 새에 대한 관심을 더욱 키워 나갔다. 여러 가지 사업과 초상화 그리기, 그림 · 어학 · 댄스 교습 등으로 생계를 이어 가면서도 새를 관찰하고 묘사하는 데 많은 시간과 노력을 쏟아 부었다. 새 그림을 충분히 모은 1926년, 그림을 책으로 내기 위해 영국으로 건너갔고, 1827년에서 1836년까지 총 네 권으로 구성된 《미국의 새들The Birds of America》을 출간했다. 이후 새와 네발짐승을 묘사하고 기록한 책들을 꾸준히 출판했다. 오듀본은 흔히 '미국 조류학의 아버지'라 일컬어지며, 현재 미국에는 100여 개의 지부를 거느린 유명한 자연보호 단체 국립오듀본협회National Audubon Society가 있다.

오듀본의 생애에 관해서는 여러 가지 이야기가 있는데, 프랑스에서 작성된 관련 기록이 1960년대 초에 발견되어 현재는 어느 정도 분명해진 상태다. 프랑스인 해군 장교의 아들로 태어났으며 어머니는 이 장교가 소유한 산토도밍고의 설탕 농장에서 허드렛일을 하던 프랑스 소녀였다. 그러나 어머니는 오듀본이 태어나고 얼마 안 있어 세상을 떠났고, 아버지가 오듀본을 프랑스로 데리고 가 양자로 삼았다는 것이 정설로 전해진다.

출생에 관해 여러 이야기가 전해졌듯 이 책에 소개된 오듀본에 관한 내용 중에도 진위를 밝힐 수 없는 것들이 더러 있다. 당대의 유명한 화가로부터 사사를 받았다는 것, 위대한 서부의 개척자 다니엘 분과 함께 사냥을 했다는 것도 오듀본의 일기 말고는 진실을 밝힐 수 없는 것들이라고 한다.

그럼에도 불구하고 오듀본이 조류학의 아버지라고 불리는 것은, 철새의 이동 경로를 파악하기 위해 최초로 새의 다리에 실을 묶어 날려 보낼 만큼 과학적인 연구를 했기 때문이며, 미국의 새를 모두 그리고 말겠다는 집념으로 새의 생태를 생생하게 묘사했기 때문이다. 실물 크기 그대로 그리려 15시간 이상 꼬박 그림을 그려 대는 의지, 시간이 지나면 피사체의 생동감이 사라질까 두려워 잡아오자마자 그림에 매달렸던 끈기 등이 지금의 시각으로는 좀 야비하고 잔인한 짓 같기도 하지만 그 당시엔 그다지 눈에 튀는 행동도 아니었다고 한다. 평범한 이들에게는 좀체 찾아보기 힘든 근성이다.

이 책은 국내에 처음 출간되는 오듀본 전기이다. 포기와 주저를 모르던 오듀본의 삶의 의지와 그가 묘사한 자연의 아름다움을 많은 독자들이 느꼈으면 한다.

2009년 8월 토지문화관에서

차례 C·O·N·T·E·N·T·S

"죽음이 나를 노려본다 할지라도
나는 비웃어줄 게다.
끝까지 이 일을 해낼거야!"

어린 시절

프랑스 낭트, 푸제르라는 소년이 밖을 내다보고 있다. 흥겨워 보이면서도 왠지 모를 흥분이 느껴지는 행렬이 지나가고 있다. 기다란 붉은색 모자를 쓴 남자들이 거드름을 피우며 무리를 지어 지나가고, 모자를 쓰지 않은 여자들이 웃으며 떠들어 댔다. 소년은 그 행렬을 뚫어져라 바라보았다. 소년은 이미 공화국 지지자였기에 이렇게 소리쳤다.

"공화국 만세!"

소년의 목소리는 다른 소리에 이내 묻혀 버렸다. 실크와 벨벳 옷을 입은 사람들이 마차 꽁무니를 따라 질질 끌려가고 성난 군중은 이들을 향해 욕을 퍼부었다. 그러면서 큰 소리로 외쳤다.

"타도하라! 타도하라! 죽여라, 죽여! 단두대로 보내 버려!"

어둑어둑한 방에 앉아 있던 뚱뚱하고 붙임성 좋은 오듀본 부인은 소년에게 그 사람들은 남한테 못되게 굴었던 부유한 귀족이라고 말하려 했지만 자꾸 눈물이 앞을 가렸다. 부인은 끌려가는 쪽에도 끌고 가는 쪽에도 모두 친구가 있었다. 어린 소녀 뮤게는 오듀본 부인 옆에 있었다. 거리의 소음은 이제 고함으로 바뀌었다. 부인은 몸을 오들오들 떨었다.

"우리는 괜찮을 거야. 선장이 공화주의자이니까. 이건 혁명이란다."

푸제르는 여전히 창가에 있었다. 두렵지는 않았다. 세상이 어떻게 돌아가는지 생생히 알고 싶었을 뿐이다. 요즈음은 정말 이상한 일투성이였다. 길거리에는 화약 냄새가 진동하고 사방이 연기로 자욱했다.

오듀본 선장과 부인은 두 어린아이들의 입양 서류에 서명을 했다. 선장은 자기가 두 아이의 아버지라고 말했다. 불같은 성질과 튼튼한 골격을 빼면, 선장과 푸제르는 닮은 점이 별로 없었다. 두 사람은 서로 다른 세상에서 온 것 같았다. 나이에 비해 키가 크고 몸이 마른 푸제르는 맑고 큰 눈동자에 혈색도 좋고 이목구비가 반듯했다. 몸짓은 민첩했고 작은 얼굴에는 감정이 풍부했다. 누가 봐도 좋은 집안의 피가 흐르는 것 같았다.

반면 오듀본 선장은 짜리몽땅하고 붉은 머리칼에 눈동자는 푸른빛이었다. 입과 코는 두루뭉술하고 머리카락은 제멋대로 헝클어져 있다. 이따금 곱슬곱슬한 가발을 쓰곤 했지만 거칠고 성마른 모습은 조금도 숨길 수가 없었다. 선장은 가난한 어부의 이십 남매 중 하나였는데, 열두 살에 세상에 버려진 뒤 엄청난 고생 끝에 자수성가한 사람이었다.

푸제르가 어떻게 태어났는지는 의문투성이다. 뮤게의 어머니 이름은 입양 서류에 적혀 있지만 푸제르의 어머니 이름은 빠져 있었다. 그저 '미국에서' 살았다고만 적혀 있었다. 오듀본 선장 또한 푸제르의 어머니 이름을 몰랐고 알려 하지도 않았다. 그저 죽었다고만 말했다. 아이들은 모두 자신들이 '미국에서' 태어났다고만 들었다.

어린 시절, 소년의 이름이 여러 가지였던 것도 수수께끼다. 입양하고 나서 몇 년 동안, 선장은 소년을 푸제르라고 불렀다. 푸제르는 '고사리'라는 뜻으로 '계곡의 백합'이라는 뜻의 뮤게로 불린 어린 로사의 이름과 어울렸다.

그러나 곧 푸제르라는 이름 대신 '라 포레'라는 이름을 썼다. 나중에 아내가 되는 루시는 남편을 언제나 '라 포레'라고 불렀다. 하지만 젊은 시절 프랑스에서는 '장 자크'라는 이름으로 불리었다. 오듀본은 가끔씩 자기 이름을 '장 자크 라 포레 오듀본'이라고 쓰기도 했다.

프랑스대혁명(1789년)이 일어나기 20여 년 전, 선장은 산토도밍고

의 부유한 농장주들에게 실크, 벨벳, 와인 등 값비싼 물건들을 실어
나르는 상선을 지휘하며 설탕을 가득 실은 배를 이끌고 프랑스로 되
돌아오곤 했다. 선장은 배는 검은 깃발을 휘날리며 남태평양을 재빨
리 오갔다. 항해는 언제나 모험으로 가득 차 있었다. 해적과 정면으로
맞서 뱃머리 너머로 포탄을 쏘며 싸웠고, 여의찮을 때는 줄행랑을 치
기도 했다. 덕분에 한 번도 해적에게 잡힌 적이 없었다.

미국 독립전쟁이 터졌을 때는 영국 정부에게 배를 빼앗기지 않으려
피해 다녀야 했다. 한동안은 잘 피해 다녔지만 마침내 선장의 배는 작
은 배 여섯 척에게 포위당하고 말았다. 선장은 끝까지 싸웠지만 결국
배를 잃고 뉴욕 감옥에 갇히는 신세가 되었다. 남북전쟁이 끝나기 전,
선장은 가까스로 풀려날 수 있었다. 그 뒤, 미국을 돕던 프랑스 함대에
들어가 작은 수송선을 지휘했다. 선장은 충직하고 고집 센 지휘관이
되어 미국 군대를 위한 임무를 수행하다 전쟁이 끝난 뒤 카리브 해에
위치한 외딴 섬 산토도밍고로 돌아왔다. 농장을 사고 설탕과 노예를
대규모로 거래해 엄청난 재산을 모은 뒤, 1789년 산토도밍고를 떠났
다. 어쩌면 그곳에서 남북전쟁의 징조를 느꼈는지도 모른다.

선장이 프랑스로 돌아왔을 때, 두 아이들을 데리고 왔을까? 산토도
밍고를 떠난 뒤 선장의 행적은 알려진 바 없지만 뉴올리언스로 여행
한 것만은 확실한 것 같다.

선장이 산토도밍고에 있을 때 레빈이라는 여자와의 사이에서 한 소년이 태어났다. 아마도 선장은 그 소년에 대해 책임감을 느낀 것 같다. 그 아이가 태어난 날짜는 선장이 섬에서 가지고 온 낡은 서류에서 찾을 수 있는데, 푸제르의 입양 서류에 적힌 생년월일이 이 날짜와 비슷한 1785년 4월 22일이다. 이 증거를 통해, 그리고 푸제르를 가리키는 '장 레빈'이라는 이름을 통해 푸제르가 바로 산토도밍고에서 태어난 그 소년과 동일 인물이라고 알려진 것이다. 어쩌면 그 소년이 바로 푸제르일지도 모른다. 하지만 선장이 왜 사실을 숨기려고 했는지 그 이유는 아리송하다.

푸제르의 생일과 입양일 사이에는 공백 기간이 꽤 길다. 거의 9년이나 되는 이 공백 기간에 대해 알려진 것은 아무것도 없다. 이 기간 동안 소년은 어디에 있었을까?

평범한 아이들은 종종 서너 살 때의 단편적인 장면들을 기억한다. 그런데 이 소년은 평범하지 않았다. 소년에게는 사물을 관찰하는 데 유별난 천재성이 있었다. 멀리서도 작은 사물을 알아볼 수 있었고 나뭇잎이나 꽃잎의 아주 미세한 부분까지도 정확하게 알아차릴 수 있었다. 하지만 자신의 어린 시절에 대해서는 아무것도 기억하지 못하고 있다.

어쩌면 당시의 급격한 사회 변화가 어린아이를 혼란스럽게 했는지도 모른다. 아니면 스스로 입을 열지 않았거나 가까운 사람들에게만 비밀스럽게 말했는지도. 아니, 어쩌면 절대로 말하지 말라는 신신당부를 들었을지도 모른다.

푸제르가 입양되기 전 9년 동안, 선장은 산토도밍고, 미국 뉴올리언스, 프랑스 등지에서 여러 가지 일을 했다. 여행을 마치고 프랑스에 도착했을 때, 파리 시민들은 바스티유를 공격하고 루이 16세와 그의 부인 마리 앙투아네트를 황실 아이들과 함께 파리 밖으로 쫓아 버렸다. 선장은 즉시 방위군에 들어갔다. 하지만 선장은 왕당파에 대한 충성심이 강한 지역 출신이어서 친구들 중에 왕당파도 꽤 있었다.

당시 프랑스의 수많은 가족들의 운명이 풍전등화 같았다. 많은 사람들이 프랑스를 떠났다. 특히 프랑스대혁명으로 인한 갈등이 심했던 선장의 고향 라방데 지방 사람들이 많이 떠났다. 사람들은 아이들과 자신을 위해 어디든 피난처를 찾았다. 신분 따위는 던져 버리고 새로운 이름으로 바꾸었다. 어떤 이들은 난리를 이용해 자신들에게 불리할 수도 있는 사실들을 감추려 했다.

이즈음 오듀본과 같은 또래였던 어린 황태자에 관한 소문이 나돌았다. 루이16세와 마리 앙투아네트 사이에서 태어난 어린 아들이 감옥에서 행방불명되었다는 것이다. 프랑스, 영국, 심지어 미국에 숨어 살고 있다는 이야기까지 돌았다. 프랑스대혁명 중 프랑스로 돌아온 선장이 한 소년을 보호하며 신분을 숨겨 주었을 가능성도 충분히 있다. 선장이 산토도밍고에서 태어난 소년의 생일과 이름을 이용해 다른 소년의 이력을 감추었을지도 모른다. 오듀본과 가까이 지냈던 몇몇 사람들은 오듀본이 귀족 집안 출신이라고 굳게 믿었다. 한번은 오듀본이 이렇게 말한 적도 있다.

"내가 입 밖에 내 본 적이 없는 내 원래 이름은 내가 우러러볼 수밖에 없는 이름입니다."

오듀본은 말년에 폭풍으로 침몰해 가기 직전에 놓인, 오하이오 강의 낡은 배 이름을 언급하며 이렇게 말한 적도 있다.

"배 이름은 내 이름처럼 그저 그림자에 불과하구나."

당시 오듀본은 유럽과 미국에서 꽤 명성을 떨치고 있었다. 그럼에도 불구하고 오듀본이 이런 이야기를 했다는 것은 그의 또 다른 이름이 어둠 속으로 가라앉고 있다는 것을 보여 준다.

어린 시절 오듀본은 진짜 부모가 누군지, 자신이 어떻게 태어났는지 분명하지 않다는 것을 눈치챘음이 틀림없다. 입양 날짜인 1794년 3월7일, 이날은 오듀본의 이력에 있어 최초의 분명한 날짜라 할 수 있다.

이런 출생의 비밀은 나중에 오듀본을 괴롭혔다. 오듀본은 선장에게 반항하거나 화를 내기도 했지만 늙은 선장을 평생 고마워했다. 자신의 이름이 그저 그림자에 불과했을지라도, 그것이 오듀본의 삶에 그늘을 드리우거나 혼란을 가져오지는 않았다. 오듀본은 언제나 마음이 넓고 따뜻했다. 자신이 어떤 세상에 태어났든 상관하지 않고 그 자신만의 세계를 찾아 나섰다.

낭트에서의 그 어둡던 날들이 끝나자마자 오듀본은 햇살이 비치는 시골의 오솔길로 걸어 나가 탐험을 시작했다. 살찐 마멋*의 분주한 걸음, 은빛 호수를 가로질러 날아가는 제비들, 멀리 머리 위를 날아다니는 들종다리의 높고 청아한 울음소리, …….

오듀본을 자연으로 이끈 이는 아무도 없었다. 오히려 가족들은 오듀본이 신사가 되는 법을 배우기 바랐다. 양어머니는 오듀본에게 음악과 댄스를 배우라고 했다. 오듀본은 음악적 재능을 타고나서 바이올린, 플루트, 조그마한 플래절렛*을 무척이나 좋아했다. 특히 주머니에 넣을 수도 있고 집 밖에서 새소리도 흉내 낼 수도 있는 플래절렛을 좋아했다. 가보트, 파반, 미뉴에트 등 당시 유행하던 우아한 사교춤의 스텝도 배웠지만 그런 것들에 마음을 빼앗기지는 않았다. 양어머니의

:**마멋** 온몸이 회갈색 털로 덮여 있고 크기는 작은 토끼만 한 다람쥣과 동물.(이하 옮긴이 주)
:**플래절렛** 앞면에 네 구멍, 뒷면에 두 구멍이 있는 목관 악기.

끊임없는 구슬림도, 커다란 주머니에 넣고 다니던 사탕도 오듀본의 마음을 움직이지 못했다. 대신 펜싱을 좋아했는데, 그 덕분에 관찰력과 유연함을 기를 수 있었다.

선장은 오듀본이 해군 장교나 엔지니어가 되었으면 하는 마음에 처음에는 그쪽 방향으로 공부를 시켰다. 그러나 이 어린아이는 수학과 기계 공부보다는 숲에 있는 것을 더 좋아했다. 방은 곧 새 둥지, 깃털, 알, 껍데기, 이끼, 꽃, 조약돌 같은 잡동사니로 가득 찼다. 낭트에서 그리 멀지 않은 마을로 이사했을 때, 오듀본은 꽤 넓은 시야를 가질 수 있었다. 선장은 오듀본을 해군 학교에 보냈지만 오듀본은 몰래 도망치다 잡혀와 벌을 받곤 했다. 마침내 선장은 자신의 노력이 헛수고라는 것을 알게 되었다. 오듀본은 다시 숲 속에 처박혀 있곤 했다. 그 결과 정규 학교교육을 전혀 받지 못했다.

숲, 과수원, 들판에서의 생활에 대한 오듀본의 관심은 점점 무르익었다. 다른 것들은 전혀 신경 쓰지 않았다. 오듀본의 관심은 새를 관찰하고 쫓아가는 것, 새 소리를 흉내 내는 것, 마멋을 잡는 것, 야생 쥐 둥지를 샅샅이 뒤지는 것에서 끝나지 않았다. 사냥을 한 다음에는 그것들을 그리기 시작했다. 오듀본은 검둥오리, 까치, 녹색딱따구리를 스케치하는 데 점점 많은 시간을 보냈다. 나중에 오듀본은 이렇게 말했다.

"그 그림들은 모두 형편없었습니다. 아주, 아주 엉망이었죠! 하지만 나는 기뻤습니다. 내가 새를 그렸다고 생각했으니까요."

선장은 그림 그리는 것을 반대하지 않았다.

"살아 있는 것을 보고 그리는 것은 쉽지 않지."

그러면서 오듀본에게 박제된 새를 몇 마리 구해주기까지 했다. 그리고 마침내 파리로 보내 당시 유명한 화가이자 교사였던 다비드에게 레슨을 받게 해주었다.

오듀본은 작은 사물을 그리는 데 재능이 있었지만 당시에는 그 재능이 잘 드러나지 않았다. 다비드는 오듀본에게 대담한 선으로 큰 사물들을 그려 보라고 했다. 오듀본은 무엇보다도 생동감 넘치는 움직임을 표현하고 싶었다. 그런데 앞에는 커다란 석고상이 떡 하니 놓여 있을 뿐이었다. 오듀본은 시골에서 산책하던 때가 그리웠다.

그래서 곧 집으로 돌아와, 자신이 그리고 싶은 그림을 그렸다. 다비드는 흰 종이에 검정 분필로 그림을 그리라고 했지만 오듀본은 색을 사용해 수채화를 그리기로 마음먹었다. 그림이 얼룩덜룩해져 다시 시작하기를 반복했다. 어떨 때는 색이 너무 진했고 어떨 때는 너무 흐렸다. 명암도 마음에 들지 않았다. 가끔 크레용도 사용해 보았다. 군데군데 색을 입혔지만 전체적으로 자연스럽지 못했다. 그러나 이것도 대단한 일이었다. 사람들은 낯선 곳에서 온 새들을 환상적인 모습으로 그려 왔다. 하지만 평범한 텃새의 있는 그대로의 모습을 정교하게 컬러로 그린 그림은 당시까지 한 번도 시도된 적이 없었다.

오듀본은 왜 열매가 달린 나뭇가지 위에 앉은 새의 모습을 그렸던 것일까?

훗날 오듀본은 이렇게 말했다.

"왜냐하면 새들이 항상 거기 앉아 있었으니까요. 나뭇가지 위에 말입니다. 나는 있는 그대로 그렸을 뿐입니다."

오듀본은 주로 새만 그렸다. 완전한 그림을 그리고 싶은 마음에 잎이 달린 나뭇가지와 새에 색을 입히려고 노력했다. 자신은 깨닫지 못했지만 오듀본은 새로운 것을 이루고 있었다. 세월이 한참 지난 뒤, 조류학자들은 약 5센티미터 정도 길이에, 모두 똑같은 각도로 기울어져 있는 가느다란 나무 원통에 앉아 있는 새를 그렸다. 오듀본은 흔들리는 풀 위, 꽃줄기 사이, 나뭇잎 덤불 안, 물가와 같은 자연 그대로의 배경을 바탕으로 새를 그린 최초의 화가였던 것이다.

그림을 망치는 날도 있었지만 오듀본은 포기하지 않고 꾸준히 연습했다. 그림을 완성한 뒤, 순서대로 번호를 매겨 보았는데 거의 100점이나 되었다. 양어머니는 오듀본의 그림을 퍽 좋아했다. 하지만 선장은 걱정스럽기만 했다. 이 아이는 앞으로 무엇이 되려는 걸까? 오듀본은 이제 열일곱 살이었다. 아니, 열여덟 살이 거의 다 되어 가고 있었다. 그런데 새만 그려 대고 있다니!

　여러 차례 항해를 하며 선장은 미국에 재산을 꽤 많이 모으고 있었다. 선장은 갑자기 오듀본을 미국에 보내기로 했다. 그러면 미국에 있는 재산을 관리하는 것을 배울 수 있으리라. 미국에서라면 불가능한 것은 없다! 오듀본은 위대한 서부 대륙의 공기를 마셔야 했다.

　오듀본은 의기양양했다. 미국이라는 곳에 대한 느낌은 막연했지만, 그 막연함은 반짝반짝 빛나는 햇살 같기만 했다.

석회암을 뚫고 희미한 소용돌이를 일으키며 흘러가는 퍼키오멘 강은 커다란 느릅나무 뿌리를 물에 잠기게 하고 농장 아래 위치한 스쿨킬 강에 엄청난 물을 쏟아 냈다. 강둑을 따라 자그마한 나뭇잎들이 알록달록 떠올랐다. 물가를 따라 자라는 체리나무에는 새싹이 돋고 짙푸른 솔송나무 숲 붉은 흙에는 골이 깊게 파였다.

산등성이 위에 그림 같은 이층짜리 붉은 벽돌집이 한 채 서 있었다. 1803년 이른 봄, 젊은 오듀본은 그곳에서 토머스 가족과 만났다. 이들은 밀그로브에 있는 선장의 부동산을 관리하는 퀘이커 교도들이었다.

사람들이 헛간을 들락거리고 가축들은 목초지에서 풀을 뜯고 있었다. 꽤 떠들썩한 모습이었지만 프랑스의 정돈된 풍경과 비교하면 이 새로운 고장은 황량한 편이었다. 오듀본은 도착하자마자 높은 언덕으로 성큼성큼 걸어 올라갔다. 숲이 초록빛 물결처럼 솟아올랐다. 오듀본은 높은 바위 위 좁다란 길을 따라 걸으며 소나무와 솔송나무가 우거진 드넓은 지역을 바라보았다. 야생의 모습 그대로였다.

밀그로브 근처에는 젊은이들이 많이 살고 있었는데, 모두들 이 건장하고 잘생긴 청년을 금세 좋아했다. 주름 장식을 댄 셔츠와 검정색 실크 반바지를 입은 오듀본은 아직 영어가 서툴렀다. 그러나 오듀본에게는 돈도 꽤 있었고 시간도 충분했다. 토머스 부부가 집을 잘 관리하고 있었기에 오듀본이 할 일은 별로 없었다.

"멋쟁이. 나는 꽤 멋을 부렸다. 멋진 옷에 대해 약간의 환상이 있었으니까. 어리석게도 나는 옷을 좋아했다."

오듀본은 그 시절을 이렇게 회상하곤 했다.

한번은 필라델피아로 가는 차를 놓치는 바람에 50킬로미터를 걸어가서 새 셔츠를 사온 적도 있었다. 미국에 온 들뜬 기분에 취해 여자들과 어울려 춤을 추기도 하고 가장무도회도 쫓아다녔지만, 그리 오랫동안 빠지지는 않았다.

어느 날 저녁, 오듀본은 낡은 방앗간 근처를 걷고 있었다. 문득 숫

돌에 톱을 가는 듯한 소리가 들려왔다. 밤이라 방앗간 문은 닫혀 있었다. 오듀본은 창문으로 안을 들여다보았다. 소리가 멎었다. 방앗간 주인의 집으로 들어가 살펴보았지만, 톱을 가는 모습은 보이지 않았다. 그때 거친 소리가 솔송나무 위에서 들려왔다. 오듀본은 위를 쳐다보았다. 어둠 속으로 자그마한 올빼미가 보였다. 그 올빼미를 따라가 보려고 했지만, 거친 소리를 내던 그 자그마한 어둠의 유령은 온데간데없었다.

그 순간, 퍼키오멘 강 위를 날던 물수리가 휙 하고 지나갔다. 퍼덕거리는 은빛 물고기를 부리에 물고 삽시간에 나무 위로 사라져 버렸다.

"봄이군. 물수리를 보니 분명 봄이 왔어."

오듀본이 숲에서 나오자 낚시를 하던, 허리가 구부정한 키 큰 남자가 말했다.

"물고기가 알을 낳기 위해 상류로 올라오면 물수리가 뒤를 쫓지. 그놈들이 순식간에 물속으로 뛰어 들어가 물고기 잡는 게 보일 걸세."

강, 물방아 둑, 어두운 강 위를 스치듯 날아다니는 새들. 오듀본은 그 곁을 떠날 수 없었다. 나무가 무성한 높은 강둑을 따라 움푹 파인 석회암 동굴도 있었다. 그 동굴들은 선사시대부터 거기에 있었는지도 모른다. 어쩌면 어마어마한 폭풍의 위력으로 생겨난 것인지도 모른다. 동굴 중 하나는 오듀본이 들어갈 수 있을 만큼 충분히 컸다. 처음

물수리 Fish Hawk

동굴에 들어갔을 때, 그곳에서 텅 빈 둥지 하나를 보았다. 다음날 오후, 거뭇거뭇한 올리브색, 노란색, 연회색 새들이 오듀본 곁을 지나 날아갔다. 피곤에 지친 새들이 커다란 동굴 속으로 미끄러지듯 들어갔다. 동굴 속에서 새들은 칙칙해 보였지만, 다음 날 곤충 사냥을 할 때는 아주 밝아 보였다. 오듀본이 동굴 안쪽으로 가자, 새들은 큰 소리로 빽빽 울어 댔다.

그래서 오듀본은 라퐁텐*의 《우화집》을 손에 들고 동굴 근처 적당한 장소를 찾아 책을 읽기 시작했다. 딱새는 오듀본을 신경 쓰지 않았다. 덕분에 조금씩 가까이 다가가, 마침내 동굴 안으로 미끄러져 들어가 새들이 움직이는 모습을 지켜볼 수 있었다. 새들은 풀과 이끼와 지의류를 정교하게 둥지에 붙이고 있었다. 그러고는 가장자리 근처에 불그스름한 점이 몇 개 있는 하얀 알 여섯 개를 낳아 품었다. 새들은 이제 오듀본에게 익숙해졌다. 오듀본이 둥지 속으로 손가락을 집어넣어 어린 새끼들을 들어 올려도 별로 신경 쓰지 않았다. 오듀본은 새끼들을 다시 제자리에 가져다 놓고, 강 근처 어두운 헛간이나 낡은 방앗간 서까래에 있는 다른 딱새들을 관찰했다. 모든 것이 새롭고 신기했다.

: 라퐁텐Jean de La Fontaine(1621~1695) 프랑스의 시인이자 우화寓話 작가.

티티새, 찌르레기가 왔다. 활짝 핀 층층나무 꽃 속에 검붉은 작은 새들이 보였다. 곱슬곱슬한 연둣빛 꽃잎을 배경으로 새의 목이 새하얬다. 커다란 독수리 한 마리가 하늘에서 번쩍였다. 물방아 둑 위 강가 근처, 나무가 무성한 조그마한 삼림지대에는 사향쥐가 드나들었다. 반들반들한 수달, 밍크도 있었는데, 이놈들은 대단한 말괄량이였다. 놈들이 쥐나 자그마한 다람쥐에게 몰래 다가가, 갑작스럽게 먹잇감을 잡으러 뛰어오르는 장면을 오듀본은 풀밭에서 조용히 지켜보았다. 처음 보는 꽃들도 오듀본의 마음을 사로잡았다. 아네모네, 갈라진 바위틈에서 자라는 금낭화, 포도필룸˚의 새하얀 꽃 등등.

숲이 향기로 가득했지만, 오듀본은 집 안에 틀어박혀 화판 위에 정신을 빼앗겼다. 새로이 발견한 것들에 한껏 고무되어 멋진 작품을 만들어 내고 싶었다. 하지만 그림은 프랑스에서 그렸던 것보다 나아 보이지 않았다. 좀 더 멋지게 그리고 싶었다. 그래서 매 한 마리를 잡아 울퉁불퉁한 가지 위에 얹어 놓고, 실로 단단히 매달아 두었다.

"흥!"

몇 시간 동안 작업을 하고 난 오듀본은 콧방귀를 뀌었다.

“간판으로나 쓰면 딱 좋겠군.”

오듀본이 진저리를 치며 말했다.

당시에는 고기 장수들이 간판에다 닭이나 오리, 칠면조 등을 조잡하게 그려 넣곤 했다.

“살아 움직이는 것처럼 생동감 있게 그리고 싶어.”

오듀본은 연필과 화판을 들고 나가, 강 위를 날거나 동굴로 날쌔게 움직이거나 잠시 나뭇가지 위에 매달려 있는 딱새를 스케치하기 시작했다. 딱샛과의 다른 새들도 스케치했는데 모두 횃대에 앉아 있을 때에는 긴장하지 않고 아주 조용하다는 것, 그리고 똑바로 앉아 있을 때에도 날개가 축 처져 있다는 것을 알아차렸다. 퍼키오멘 강가 버드나무에 앉은 백로와 커다랗고 푸른 두루미도 보았는데, 기다란 다리 말고도 둘 사이에 비슷한 점이 있다는 사실을 발견했다. 하지만 이 두 새들은 서로 다르다. 뭐가 다른지는 말로 표현할 수 없었다. 오듀본은 특징을 살리려고 노력하며 연필로 윤곽을 그려 넣을 뿐이었다.

수백 장을 그렸건만 완성한 그림은 하나도 없었다. 새들은 한순간도 가만히 있지 않았으니까. 그래도 완성해야 했다! 박제한 새들은 원하는 그림을 그리는 데 도움이 되지 못했다. 그것들은 생기가 없었다. 오듀본은 우리에 갇힌 새들을 바라보는 게 싫었다. 이웃 농장에서 황금방울새 한 마리가 새덫을 피해 도망치는 것을 보고 뛸 듯이 기뻐한 적도 있었다. 그렇지만 지금 오듀본에게는 새가 필요했다!

미국에도 유럽과 마찬가지로 개똥지빠귀, 푸른울새는 물론 깊은 숲 속에 살고 있는 상아부리딱따구리, 야생 비둘기 등을 사냥해 시장에 내다 파는 사람들이 많았다.

좋은 눈, 빠르고 정확한 손, 남다른 인내심 덕분에 오듀본은 노련한 사격 명수가 될 수 있었다. 그는 타고난 사냥꾼이었다. 하지만 그 시대의 산물이었을 뿐, 선각자는 아니었다. 그래서 야생에 대한 약탈이

백로Great white heron

가져올 결과를 예측하지 못했다.

오듀본은 인디언의 마음가짐으로 새와 동물을 대했다. 인디언 사냥꾼은 음식을 위해 필요한 만큼만 새를 잡는다. 인디언에게는 새도 하나의 종족이다. 하지만 인디언에 대해 감상적인 생각을 품지는 않았다. 오듀본은 냉정하고 꼼꼼하게 조사하는 사냥꾼이었다. 하지만 사냥은 오듀본에게 아무런 해결책이 돼주지 못했다.

"이런! 그림이 죽었잖아!"

오듀본은 자신이 쏘아 잡은 새들을 자연스런 자세로 고정시키려 부단히 애썼다. 하늘을 날고 있는 살아 있는 새들을 볼 때면 피가 솟구쳤다.

한동안 사냥과 그림에서 손을 떼고 책에 파묻혀 지냈다. 곧 라퐁텐의 우화도 싫증이 나서 아무것이나 닥치는 대로 읽어 댔다. 하지만 독서로는 충분하지 않았다. 곧 둥지, 알, 이끼, 소나무와 솔송나무의 나뭇가지, 꽃, 풀을 수집했다. 손가락이 유연해서 꼼꼼하게 새의 깃털을 연구할 수 있었다.

오듀본은 새라든가 자그마한 동물들을 박제하는 기술을 배웠다. 속을 채워 넣으면 살아 있는 것처럼 보였다! 다람쥐, 너구리, 주머니쥐, 마멋, 심지어 뱀과 도마뱀이 방의 출입문과 창문 위, 서랍장과 안락의자 뒤에서 아주 조용히 아래쪽을 응시하고 있었다. 깔끔한 것을 좋아하는 토머스 부인의 집안 구석구석을 박제 동물들이 차지하기 시작했다.

당시에는 가느다란 머리카락을 정교하게 땋아 금테를 두른 유리 안에 넣어 여자들이 브로치처럼 달고 다니는 것이 유행이었다. 별로 아름답지는 않았지만 그것을 만들려면 기술이 있어야 했다. 오듀본은 한시도 가만있지 않고 밀랍으로 나뭇잎과 꽃을 만들고, 부드러운 버드나무 가지로 바구니를 만들어 토머스 부인에게 주었다. 그녀는 이런 손재주를 아주 즐거워했다. 오듀본은 손재주가 많아 여기저기에 물건을 숨겨 놓기도 했다. 어떤 날은 말끔한 응접실 촛대에 뱀 가죽을 아주 자연스럽게 휘감아 놓기도 했다. 한번은 토머스 부인이 응접실로 들어섰을 때, 마술을 부리는 것처럼 손바닥을 펼쳐 은화를 내보이기도 했다.

"도련님은 재주도 좋으세요."
토머스 부인이 갑자기 나타난 은화에 깜짝 놀라며 말했다.

어느 날 파리의 다비드 스튜디오에서 보았던 것이 떠올랐다. 오듀본은 다시 새 그림에 달려들었다. 다비드는 살아 있는 모델 대신 나무 모형과 회반죽을 이용했었다. 오듀본은 표면이 매끄러운 나무를 조각해 새의 기관들을 흉내 냈고, 전체를 철사로 단단히 묶었다.

"머저리처럼 보이는걸! 움직이는 인형일 뿐이야!"

오듀본은 진저리쳤다.

이웃 한 명이 어슬렁거리며 들어와, 자그마한 조각상이 늙은 거위처럼 보인다고 말했을 때는 그것을 내동댕이쳐 산산조각 내버리기도 했다.

그 일이 있고 얼마 지나지 않았을 때였다. 동이 트기도 훨씬 전, 오듀본은 침대에서 뛰쳐나와 부랴부랴 옷을 입고 8킬로미터 떨어진 인근 마을로 말을 타고 전속력으로 달려갔다. 마을에 도착했지만 거리는 조용하고 상점들도 아직 문을 열지 않은 상태였다. 오듀본은 강으로 가서 옷을 벗고 잠시 동안 수영을 했다. 다시 마을로 들어가서 다양한 굵기의 철사를 샀다. 그러고는 다시 밀그로브로 돌아왔다. 토머스 부인이 아침을 먹으라고 했지만 오듀본은 아무 말 없이 총을 꺼내 들고 퍼키오멘 강으로 달려가, 그곳에서 물총새를 잡았다. 방으로 돌아와서 손가락으로 깃털을 조심스럽게 다루며, 새의 몸통에 부드럽게 철사를 둘렀다. 이렇게 하니 커다랗고 끝이 뾰족한 머리와 단단한 발톱, 선명한 가로무늬가 있는 짧은 꼬리가 제대로 붙었다. 오듀본은 탁자 위에 기대 놓은 나무 판에 새를 가볍게 고정시킨 뒤, 이리저리 돌려 가며 물총새에 생기를 불어넣어 주었다.

"진짜 물총새처럼 보이는걸!"

오듀본은 그림을 그리기 시작했다. 아주 조심스럽게 푸른색과 회

••• 푸른가슴왜가리 Great blue heron

색, 자연 그대로의 흰색, 짙은 명암, 가슴을 가로지르는 단단한 선을 채워 넣었다. 그렇게나 관찰했는데도 아직까지 명암을 제대로 표현하지 못했다. 오듀본은 아침 내내 작업을 했다. 마지막 색칠을 마쳤을 때는 배가 고파 죽을 지경이었다. 아침도 먹지 못했으니까.

물가 벚나무가 하얗게 변하더니 곧 눈부신 열매가 달렸다. 여름이 왔다. 오듀본은 이제 해가 뜨기도 전에 일어나 새들의 노랫소리가 시작되는 것을 듣곤 했다. 대부분 처음 듣는 소리였다. 숲 속과 강둑에서 새들을 관찰하며 몇 시간씩 가만히 누워 있기도 했다. 그리고 끊임없이 사냥을 했다. 그러고 나서 다시 집으로 돌아와 정확한 표현을 위해 새 뒤에 정사각형 종이를 대고, 그 위에 그림을 그렸다. 때때로 잎사귀가 달린 작은 가지나 꽃가지 위에 새들을 올려놓고, 이리저리 돌려 가며 비교해 보기도 했다. 이제 아름답게 그리려는 노력은 포기했다. 오직 실물과 똑같이 그리는 데만 열중했다.

그림은 가능한 빨리 끝마쳐야 했다. 그래서 화판에 매달려 쉬지 않고 여섯 시간, 여덟 시간, 열 시간을 보냈다. 새의 무지갯빛 깃털이 곧 사라질 것임을, 눈부신 깃털이 곧 흐릿해질 것임을 잘 알고 있었으니까.

여름이 끝나갈 즈음, 오듀본은 예술가 뺨치게 만들 그림에 도전했다. 바로 푸른가슴왜가리 그림이었다. 왜가리에 대해서는 아는 것이 거의 없었지만 가장 잘생긴 표본을 골랐다. 그것은 키가 큰 수놈으로 깃털은 짙은 청회색이었고 날개 끝은 광택이 나는 짙은 검정이었다. 오듀본은 새를 제대로 놓으려고 부단히 애를 썼다. 그는 커다란 정사각형 종이 위에 실제 새 크기로 그림을 그렸는데, 새가 너무 커서 새 화판을 사야 했다. 같은 크기의 종이에 대범하게 그린 후 색을 입혔다. 부드러운 곡선, 뚜렷한 모델링*과 명암, 그리고 이 잘생긴 왜가리의 독특한 '우아함'을 담아내려고 노력했다. 이윽고 그림이 완성되었다.

오듀본은 조금 떨어져 서서 그림을 바라보았다. 그림이 마음에 들지 않았다. 부족한 점이 많았지만 그래도 포기하지 않았다.

어느새 단풍나무가 검푸른 솔송나무와 대조를 이루며 불꽃처럼 울긋불긋 타올랐다. 이리저리 흩어진 햇살이 물들어 가는 나뭇잎을 비추었다. 오듀본은 희미한 발자국을 쫓아 황갈색 덤불과 월계수 숲을 헤치며 높이, 더 높이 올라갔다. 멀리 다람쥐 한 마리가 붉은 바위 위에 조용히 있는 모습이 보였다. 멀리 떨어져 있었지만, 솜털이 난 딱

: **모델링**　회화 등에서 음영에 의한 구조적 입체감 표현법을 지칭함.

따구리 한 마리가 노랗게 물들고 있는 물푸레나무 줄기 위에서 움직이는 모습도 보였다. 언덕의 넓은 계곡을 가로질러 참나무, 느릅나무, 너도밤나무, 히코리, 호두나무도 보였다.

오듀본은 멀리까지 내려다보이는 곳으로 올라갔다. 이런 점에서 변경 개척자들은 인디언과 비슷하다. 펜실베이니아가 더 이상 개척지는 아니었지만, 변경의 생활 방식에 익숙한 눈을 가진 많은 사람들이 그곳에 살고 있었다. 오듀본은 자신이 그들과 비슷하다는 것을 알았다.

오듀본은 가까운 곳을 보는 눈도 밝았다. 철 지난 나비 날개의 아주 미세한 움직임, 꽃잎에 있는 희미한 거미줄 모양 무늬를 알아볼 수 있었다. 깃털, 볏, 날개, 가슴, 꼬리 깃털의 선명한 무늬를 알아보는 눈썰미도 있었다. 오듀본은 둥지의 다양한 모습, 알의 형태와 색깔, 수많은 사소한 습관에서도 일정한 유형을 파악했다. 관목 숲, 물위 혹은 하늘을 나는 새의 모습에서도 일정한 유형을 찾아냈다. 새들이 하늘을 돌며 날아다니는 다양한 모습도 마음에 잘 새겨 두었다.

낙엽 위를 걸으며 낙엽의 메마른 냄새를 맡았다. 여름이 끝난 것이 아쉽지는 않았다. 모든 것이 앞으로 나아갈 뿐이다. 초원 위 그림자가 깊어지며 점차 어스레해졌다. 며칠씩 분주하게 먹이를 먹던 새들은 장거리 여행을 준비하기라도 하듯 허공을 맴돌았다. 오듀본은 수많은 날개들이 스치는 소리를 들었다.

서리가 내리자 숲이 갑작스레 텅 비어 보였다. 하지만 곧 북쪽에서 검은방울새와 애기여새 같은 새로운 새들이 날아왔고 들꿩이 북처럼 울어 댔다. 콜린메추라기의 울음소리도 들렸다. 봄이 시작되었을 때 부터 줄곧 지켜보았던 자연의 순환은 끝난 것이 아니라, 새로운 주기 를 맞고 있었다. 여기에도 당연히 몇 가지 분명한 법칙이 있었다.

오듀본은 철새에 대해 알아야 했다. 그래서 다음 해 봄에 퍼키오멘 강 근처 동굴로 다시 돌아오는지 알아보기 위해 어린 딱새 한 마리에 은실 끈을 묶어 날려 보냈다.

루시와의 만남

"쏠 수 있으면 쏴. 전속력으로 달려!"

오듀본이 거울처럼 잔잔한 강 아래로 미끄러지듯 들어가자 젊은 베이크웰이 소리쳤다. 두툼한 비버 모자가 하늘로 날아오르더니, 이내 산탄 구멍이 난 채 30미터 앞쪽에 떨어졌다. 오듀본은 그것을 재빨리 집어 들었다. 그러고는 스케이트를 타고 이리저리 다녔다. 아직 얼지 않은 넓은 부분은 껑충 뛰어넘으며 재빠르게 뛰어다녔다.

그날 오듀본을 본 한 소년은 일기에 이렇게 적었다.

오늘 나는 세상에서 제일 빨리 스케이트 타는 사람을 보았다. 프랑스에서 온 사람이라고 했다. 그런데 오늘 밤 무도회에서 그 사람을 또 만났다. 춤 실력도 대단했다. 여자들이 전부 그 사람하고 춤을 추고 싶어 했다. 게다가 지금껏 내가 본 남자 중 가장 잘생겼다. 눈만으로도 관심을 끄는 사람이다. 이름이 오듀본이라고 하는데, 참 희한한 이름이다.

어느 날 아침, 젊은이 한 무리가 이른 아침을 먹고 퍼키오멘 강 상류 쪽에서 스케이트를 타며 오리를 사냥을 시작했다. 그들은 해가 지는 것도 모르고 신나게 놀았다. 되돌아오는 길에는 얼지 않은 곳이 제법 있었다. 일행은 사냥감을 싣고 출발했다. 그 모습이 마치 오리 떼 같았다. 오듀본은 손수건을 묶은 막대기를 높이 들고 앞장섰다. 오듀본이 얼지 않은 부분을 돌아가면 동료들도 그곳을 피해 갔다. 이제 사방이 칠흑처럼 어두웠다. 일행은 서둘렀다. 그러나 커다란 구멍을 미처 보지 못해, 오듀본은 그만 차가운 강물 속으로 빨려 들어가고 말았다. 뒤따라오던 동료들은 겨우 멈추었다.

강물에 휩쓸려 약 30~40미터를 얼음 밑으로 빨려 들어가던 오듀본은 가까스로 다른 구멍을 통해 얼음 위로 올라왔다. 하지만 얼음 위에 쌓인 눈이 손가락 아래에서 계속 무너져 내렸다. 강물은 오듀본을 집어삼킬 듯 아래로 잡아당겼다. 간신히 버티다가 마침내 두껍게 언 얼음을 찾아냈다. 오듀본은 얼음 위로 힘겹게 기어올라 친구들에게 도움을 청했다. 물에 젖지 않은 옷을 껴입고 다시 길을 재촉했다. 이번에는 좀 더 차분히 움직였다. 다행히 다친 곳은 없었다. 그 뒤로도 젊은이들은 이런 탐험을 여러 차례 했다.

영국에서 온 베이크웰 가족은 팻랜드포드에 살고 있었다. 그 집에는 하얀색 큰 기둥과 벽으로 둘러싸인 정원, 잘 지은 마구간이 있었다. 산마루를 사이에 두고 밀그로브와 마주보고 있었다. 나이든 윌리엄 베이크웰과 오듀본은 좀체 만날 기회가 없었다. 그러다가 마침내 훌륭한 사냥개 덕분에 두 사람은 숲에서 우연히 만날 수 있었다.

오듀본이 처음으로 팻랜드포드를 찾아가던 날, 키가 크고 우아한 열여섯 살 젊은 여성이 뜨개질감을 손에 든 채 벽난로 옆 의자에서 일어났다. 가지런한 눈썹 아래 눈동자는 까맣게 빛났다. 윤기 흐르는 갈색 머리칼에 부드러운 표정이었다. 오듀본은 부끄러워하며 반은 프랑스어로, 반은 영어로 베이크웰 씨를 만나러 왔노라고 더듬거리며 말했다. 루시는 아버지가 집에 안 계시다며 오실 때까지 잠시 기다리라고 했다. 그러고는 차분히 하던 일을 계속했다. 오듀본은 겨우 침착을 되찾고 이야기를 조금 건넸다.

"미국을 좋아하나요?"

루시는 아직까지 잘 모르겠다고 대답했다. 이따금 고개를 들고, 사냥 옷을 입은 이 진지한 청년을 힐끗 쳐다보았다. 청년은 맑은 눈을 둥그렇게 뜨고 있었다. 루시를 쳐다보고 있었지만, 방 안 물건을 살펴보는 척 시선을 피했다. 루시는 살포시 미소 지었다. 루시의 미소는 얌전하고도 아름다웠다. 베이크웰 씨가 들어오는 바람에 루시와의 첫 만남은 그렇게 끝이 났다. 하지만 둘의 만남은 계속 이어졌다.

오듀본은 얼어붙은 강에서 동료들과 함께 루시를 만났고, 남자들은 여자들을 썰매에 태워 이리저리 끌고 다녔다. 차가운 공기에 루시의 뺨은 불그스레해졌다. 루시는 그 어느 때보다 아름다워 보였다. 딱새가 사는 동굴 근처에서 둘이 잠시 발걸음을 멈추었을 때, 오듀본은 루시가 자신을 싫어하지 않는다고 확신했다.

"당신은 내 친구입니다."

오듀본이 말했다. 오듀본은 언제나 루시를 친구라고 불렀다. 루시에 대한 애정을 나타내는 다른 말도 있었지만, 친구라는 말은 몇 년 동안 오듀본이 제일 좋아했던 말이었다.

그 무렵 루시는 오듀본에게 영어를 가르쳐 주기 시작했는데, 그래도 오듀본은 유창하게 하지 못했다. 늘 프랑스 억양이 강했다. 수줍음을 타지 않을 때면 오듀본은 재치 있으면서도 유창한 이야기꾼이었다. 영어를 가르쳐 준 대가로 오듀본은 루시에게 그림을 가르쳐 주었다. 둘은 오듀본이 고안해 낸 분필 표시를 통해 밀그로브와 팻랜드포드 사이에서 신호를 주고받았다. 둘은 함께 말도 타고 스케이트도 타고 춤도 추었다.

그렇게 지내던 어느 날, 밀그로브에서 납 광산이 발견되었다. 그러자 선장은 광산 건설을 지휘·감독하고, 오듀본의 후견인 겸 가정교사로 일할 다코스타를 보냈다. 하지만 오듀본과 다코스타는 사이가 좋지 않았다. 다코스타는 루시를 좋아하는 오듀본을 놀리고 베이크웰 가족을 무시했다. 사이가 계속 나빠지자 급기야 다코스타는 오듀본에게 송금도 제대로 해주지 않았다.

오듀본은 모든 사실을 선장에게 알리겠다며 프랑스에 갈 여비나 달라고 했다. 다코스타는 잠시 생각하더니 뉴욕의 은행가에게 편지를 써주겠다면서 그를 찾아가면 필요한 돈을 줄 것이라고 했다.

오듀본은 루시와 짧은 작별 인사를 나눈 뒤 길을 나섰다. 가지고 있던 몇 푼 안 되는 돈을 아끼기 위해 뉴욕까지 걸어갔다. 때는 1월이었다. 길에는 눈이 수북이 쌓여 있어 걷는 것이 무척 힘들었다. 그래도 하늘은 아주 맑아서 뉴욕으로 가는 내내 새로운 풍경을 많이 볼 수 있었다. 마침내 3일 만에 목적지에 기분 좋게 도착했다.

도착한 다음 날 아침, 오듀본은 다코스타가 말한 그 은행가를 찾아갔다. 그러나 자신에게 아무것도 주지 말라고 다코스타가 은행가에게 당부했다는 얘기만 들었다.

오듀본은 화가 머리끝까지 치밀었다. 밀그로브로 걸어가 다코스타를 혼내 주리라 마음먹었다. 베이크웰 가족의 친구였던 한 부인이 오듀본의 화난 얼굴을 우연히 보고는 무슨 일이냐고 물었다. 자초지종을 들은 부인은 프랑스로 가는 여비를 마련해 주었다.

오듀본은 곧장 프랑스로 가, 늙은 선장과 양어머니를 만났다. 오듀본을 다시 만난 두 사람은 몹시 기뻐했다. 다코스타에게 편지를 쓰고 답장을 받는 데 몇 주가 걸렸다. 그러나 다코스타는 밀그로브에 있는 선장의 재산에 욕심을 내고 있었고, 무엇보다도 오듀본 집안의 가세가 내리막길을 걷고 있었기에 상황은 꼬여만 갔다.

그러던 중 오듀본은 근처에 살고 있던 젊은 의사를 우연히 만났다. 그 사람은 조류학자였다. 그로부터 처음으로 따뜻한 격려와 과학적 지식에 대한 자극을 받고, 뷔퐁*의 위대한 작품을 읽기 시작했다. 그 뒤부터 뷔퐁의 책을 따라 자신의 그림에 새 이름을 적어 놓았다. 1년

: **조지 루이스 뷔퐁** Georges Louis Leclerc de Buffon 《자연의 신기원》에서 처음으로 지질학사를 시기별로 재구성했고, 멸종된 종種에 대한 연구를 통해 고생물학 발전의 터전을 마련했으며, 행성이 태양과 혜성의 충돌로 생겼다는 학설을 처음으로 제시했다. 그가 쓴 《박물지》는 이전에는 서로 분리되고 연관이 없는 듯이 여겨졌던 자연사의 사실들을 쉽게 이해할 수 있도록 쓴 최초의 저술이다.

남짓한 기간 동안, 프랑스 새 그림을 약 200종 그렸다.

오듀본은 선장과 결혼 문제도 상의했다. 선장은 기꺼이 허락해 주었다. 오듀본은 미국을 잠깐 방문했다 프랑스로 막 돌아와 있던 선장 친구의 아들 로지에와 동업을 하기로 하고 다시 미국으로 떠날 채비를 했다.

오듀본의 부모는 아직 젊은 오듀본이 로지에와 동업을 하게 되면 마음을 잡고 많은 것을 배우게 되리라 믿었다. 로지에는 돈에 대한 남다른 감각이 있었다. 그래서 로지에의 아버지는 밀그로브의 일부를 사주기도 했다. 이 두 젊은이들은 다코스타를 내쫓으리라 마음먹었다.

때마침 나폴레옹이라는 별이 떠올랐다. 아들이 나폴레옹 군대에 징집되지 않을까 걱정이 된 선장은 얼른 위조 여권을 만들어 미국으로 떠나는 배에 아들을 태워 보냈다. 이것이 결국 선장과 양어머니와의 마지막 만남이 되었다.

오듀본은 이제 자신의 조국이 될 나라 미국으로 돌아가고 있었다. 미국으로 가는 도중 영국의 '사私 나포선privateer'이 오듀본이 탄 배를 쫓아와 배를 구석구석 뒤지며 황금을 찾았다. 젊은이들은 뱃머리의 굵은 밧줄 아래에 돈을 숨기고는, 혹시 들키지 않을까 불안에 떨며 주변을 서성거렸다. 다행히 아무 일 없이 위기를 넘겼다. 하지만 미국에 도착할 때쯤 만난 폭풍은 배를 롱아일랜드 모래언덕에 처박았다.

거친 조류에 떠밀리다시피 하며 배는 뉴욕에 도착했다.

먼저 다코스타를 찾아갔다. 그러나 다코스타는 법적 근거를 들이대며 밀그로브의 소유권을 주장했다. 두 사람은 자신들의 부동산 몫을 다코스타에게 파는 것 외에는 달리 방법이 없었다.

오듀본은 루시와 곧 결혼식을 올리려고 했다. 하지만 루시의 아버지는 오듀본이 썩 마음에 들지 않았다. 사냥은 스포츠로서 손색이 없었고 그림 그리는 것도 신사의 기분 전환 거리가 될 만했다. 그러나 오듀본은 돈 버는 일을 배운 적이 없었던 것이다.

'나는 어리고 아무짝에도 쓸모없는 놈이야.'

오듀본은 실의에 빠졌다.

로지에와 오듀본은 잠시 떨어져 있기로 했다. 로지에는 필라델피아로, 오듀본은 뉴욕에 있는 벤자민 베이크웰의 상점으로 갔다. 두 사람은 각자 경험을 쌓은 뒤, 동업을 해서 돈을 모을 생각이었다.

오듀본은 비명을 질러 대는 올빼미 한 마리를 주머니에 넣고 길을 떠났다. 올빼미는 새로운 보금자리가 마음에 드는 듯 오듀본 손에 앉아 먹이를 쪼아 먹었다. 하숙집에 도착해서도 그 올빼미를 방에 두었다. 낮에는 상점의 높은 걸상에 걸터앉아 낑낑대며 숫자와 씨름했고, 하루 일과가 끝나면 재빨리 일에서 달아났다.

걸음걸이가 빠른 오듀본에게 작은 마을을 가로지르는 일은 식은 죽먹기였다. 오듀본은 곧장 깊은 숲 속에 들어갔다. 허드슨 강의 거친 강가를 따라 걷기도 했다. 거무스름하고 푸른 물결 위로 가을 오후에 보기 드문 검독수리(머리 뒤 깃털이 황금빛이라 golden eagle로 불림_이하 옮긴이 주)가 보였다. 구름의 베일 위에 보이는 작은 점 같았다. 날씨가 사나운 해 질 녘 장관 속으로 검독수리가 급강하했다.

오듀본은 새를 찾아 이곳저곳을 다니며 스케치했다. 밀그로브에서처럼 날이 새기 전에 일어나 출근하기 전까지 몇 시간씩 새를 그렸다.

목이 찢어질 듯 울어 대는 그 올빼미도 여전히 함께였다. 올빼미는 과수원이나 정원에 풀어주면 침울한 소리로 울어 댔다. 하지만 다른 하숙생들은 이런 무시무시한 소리를 듣는 오듀본의 즐거움을 도무지 이해하지 못했다. 하숙생들은 식은땀을 뻘뻘 흘리며 잠에서 깨곤 했다. 그들은 오듀본의 방에서 풍겨져 나오는 살가죽과 방부제 냄새에도 불만을 터뜨렸다. 오듀본은 어쩔 수 없이 집을 옮겨야 했다.

벤자민 베이크웰은 오듀본의 일 처리가 제멋대로라는 것을 알아차렸지만 처음에는 대수롭지 않게 여겼다. 하지만 봉투를 봉하지도 않은 채 편지 속에 수천 달러를 넣어 보내는 어처구니없는 실수를 저지르자 오듀본에게 다른 일을 찾아보라고 말했다.

한편 로지에는 서인도제도에 햄을 팔아 재산을 모을 작정이었다. 당시는 열대지방의 한 섬에 엄청난 양의 난상기暖床器*를 판 미국인에 대한 소문이 자자했다. 로지에는 햄의 맛과 향을 믿고, 그것을 팔아 볼 작정이었다. 하지만 서인도제도 사람들은 주로 생선을 먹고 살았다. 로지에는 돈도 잃고 기운도 잃었다.

오듀본과 로지에는 다시 만났다. 오듀본은 벤자민 베이크웰의 상점에서 무역이 활발히 진행되고 있다는 것을 알았다. 프랑스 이주민들이 루이스빌로 모여들고 있던 것이다. 1807년 가을, 두 사람은 장사할 물건을 구입해서 길을 나섰다. 오듀본은 그 작은 마을이 왠지 마음에 들었다. 가지고 간 물건도 다 팔았다. 루이스빌은 약속의 땅처럼 보였다.

이듬해 봄, 오듀본은 루시와 결혼하기 위해 동부로 왔다. 그해 팻랜드포드에는 봄이 늦게 찾아와 몹시 추웠다. 사과나무에 꽃이 피었는데도 흙 위에 눈이 군데군데 남아 있었다. 축축하게 젖은 분홍빛 꽃 속에서 오듀본은 밤색 딱새 한 무리를 발견했다. 새들은 부들부들 떨었다. 처음 보는 종류였다. 자그마한 노란빛 볏, 검정과 청회색 줄무늬, 회색빛 가슴. 루시를 옆에 내버려 둔 채 오듀본은 그 새 한 쌍을 그렸다. 그림 그리는 동안 굴뚝새 한 쌍이 창밖 굴뚝 벽에 둥지를 틀

51

검독수리Golden Eagle

굴뚝새Winter Wren

기 시작했다.

　하늘은 온통 새들의 활기찬 노랫소리가 가득했다. 루시는 창문을 열어 주었다. 오듀본은 굴뚝새들에게 곤충을 잡아 주었다. 하루 정도 지나자 대담한 수컷이 방 안으로 깡충 뛰어들어와 노래를 불렀다. 녀석은 쉽게 잡혔다. 오듀본은 그 새의 초상화를 완성했다. 그 뒤로 굴뚝새는 둥지 밖으로 모험을 하지 않았다. 하지만 노래는 계속 불러 댔다. 고개를 빼꼼히 드러내 놓고 주위를 두리번두리번 살폈다.

　새 그림을 그리고 나서 연필로 루시를 그렸다. 오듀본에게는 사물의 외관을 포착하는 재능이 있었다. 루시의 짙은 눈동자, 또렷한 이목구비, 미묘한 얼굴은 아주 매력적이었다. 하지만 흑백으로는 그것을 제대로 표현할 수 없었다. 그래서 수채화로 초상화를 그렸다. 자그마한 그림이 정말 그녀와 꼭 닮았다.

　뺨에 마지막 터치를 하려고 했을 때, 작은 물방울이 그 위에 떨어져 색이 번지고 말았다. 붓이 너무 흥건했던 것이다. 오듀본은 화가 치밀어 올라 방바닥을 이리저리 걸어 다녔다. 얼마나 멍청한 짓이란 말인가! 그런데 문득 다시 그림을 쳐다보니 물감이 바싹 말라 있었다. 오듀본은 파스텔 연필을 집어 자그마한 얼룩에 다시 작업을 시작했다. 썩 괜찮았다! 얼룩을 가릴 수 있었던 것이다. 하지만 이제 초상화의 나머지 부분과 명암 차이가 났다. 오듀본은 그림 전체에 다시 가볍게 작업을 했다. 그림이 전체적으로 부드러워져 기분이 좋았다.

"쓸 만하군!"

처음에는 루시의 모습과 똑같이 초상화를 그릴 수 없을 것이라고 생각했는데, 이제 보니 정말 똑같았다. 게다가 지금껏 표현해 내지 못했던 아주 부드럽고 따뜻한 색이었다. 오듀본은 크게 흥분해서 다시 루시의 초상화를 그렸다. 새를 그릴 때에도 이같이 수채화 위에 파스텔을 덧칠하는 방법을 활용했다. 오듀본은 자신만의 독특한 기법을 우연히 발견했던 것이다.

오듀본은 루시와 함께 퍼키오멘 강 근처 동굴에 가보았다. 그런데 2년 전, 은실을 동여맸던 딱새가 돌아와 있는 것이 아닌가! 오듀본은 철새의 이동을 과학적으로 확인한 최초의 사람이었다.

결혼 준비를 하는 동안 둘은 자주 숲 속을 산책했다. 그리고 1808년 결혼식을 올렸다. 루시는 스무 살, 오듀본은 스물세 살이었다.

윌리엄 베이크웰은 솔직히 이 결혼이 탐탁지 않았다. 딸을 귀하게 길렀건만, 오듀본의 장래는 그리 밝은 편이 아니었다. 오듀본은 다코스타로부터 자기 재산도 돌려받지 못했고 또 출항금지법* 때문에 로지에와 함께 하던 사업도 타격을 입었다. 당시에는 무역이라는 모험이 어떻게 끝날지 아무도 알 수 없었다. 윌리엄 베이크웰은 한편으로 이 충동적인 젊은이가 왠지 모르게 마음에 들었다. 수줍어하면서 명랑하고, 분명한 자신만의 취미를 갖고 있었으니까.

루시가 결혼에 관해 어떤 생각을 갖고 있었는지는 알려진 바가 없다. 당시 신생 국가의 많은 여성들이 그랬듯, 루시는 안락함을 버렸다. 신혼부부 앞에는 고된 여행이 기다리고 있었다. 그들은 먼 장래에 대한 아무런 계획이 없었다. 오듀본은 자신의 새 그림이 자신을 어디로 이끌지 몰랐다. 우리는 루시가 그림에서 미래를 본 것이 아니라, 단지 오듀본이 그림을 그렸기 때문에 그림에 마음을 빼앗겼다고 추측할 뿐이다. 아버지가 아닌 새엄마가 루시의 결혼을 몹시도 반대했다. 새엄마는 언제나 오듀본이 못마땅했다. 그래도 루시는 새엄마의 반대를 이겨냈다.

결혼식 다음날 아침, 둘은 사륜마차를 타고 미지의 땅, 서부로 길을 떠났다. 아주 오래전부터 두 사람은 커다란 바퀴가 서쪽으로 덜컹덜컹 지나가는 소리를 줄기차게 들었는데, 이제 두 사람이 길을 떠나고 있는 것이다. 마차를 타고 약 한 달을 달려 오하이오로 갔다.

지루한 시간이 한참 지난 뒤, 드디어 해리스버그의 하얀 뾰족탑이 보였다. 이곳에서 둘은 배를 타고 강을 건넜다. 그러고 나서 천천히 마차를 타고 나아갔다. 작은 숲으로 내려가자 깔끔하고 근사한 여인숙이 나타났다. 둘은 깨끗한 탁자에 앉았다. 혈색 좋은 독일인 부부가 운영하는 여인숙 탁자에는 갖가지 요리들과 벌꿀, 커다란 사과 등이 놓여 있었다. 널찍한 마당에서는 마부들이 말을 손질하고 있었고 모닥불은 타닥타닥 타올랐다.

다음날 아침, 오듀본과 루시는 마차에 올랐다. 승객들은 노상강도에 대해 걱정스레 이야기를 나누었다. 서부로 가는 대부분의 마차 여행객들은 돈을 직접 가지고 다녔기 때문에 강도가 흔했다. 마차는 조심스럽게 언덕을 빠져나와 낮은 곳으로 내려왔다.

갑자기 사냥 소리가 들려왔다. 멀리서 또 다른 소리가 이어졌다. 붉은 여우 두 마리가 길을 건너 바위와 향나무 사이로 사라졌다. 가파른 길 아래쪽에서 총을 든 사람들이 개를 끌고 나타나더니 소리쳤다.

"여우다!"

사람들은 곰과 늑대를 잡는 중이라고 했다. 그놈들이 때때로 마차를 습격하고 계곡의 오두막집 주위를 어슬렁거리기 때문이었다. 또 여우는 닭장에 있는 닭을 잡아먹고, 사슴은 어린 옥수수를 갉아먹기 때문에 죽여야 한다고 했다.

높다란 산마루에 도착했다. 근처에서 제일 높은 봉우리였다. 마침내 서부가 눈앞에 펼쳐졌다. 나무가 넘실대는 대양, 푸른빛 계곡, 희미한 지평선. 하얀 시내는 산허리를 굽이치며 서쪽으로 흐르고 있었다. 계곡에서 이어진 은빛 개울은 서쪽을 향해 넓어져 가고 있었다.

이틀 뒤, 언덕을 돌아 마침내 시끌벅적한 피츠버그 시내에 도착했다. 대장간의 용광로가 이글이글 빛을 내고 있었다. 유리 공장과 양조장에서는 뿌연 연기가 피어올랐다. 거리에는 운전수, 공장 직원, 붉은 셔츠를 입은 선원 등 사람들로 가득했다. 강에는 배 몇 척이 하얗게 빛나고 있었다.

이제 결정을 내려야 했다. 루이스빌까지 무얼 타고 갈까? 말을 사서 타고 갈 수도, 배를 타고 갈 수도 있었다. 마차는 흔했다. 뱃사공이 딸린 화물 운반용 대형 평저선(바닥이 평평한 배)은 너무 비쌌다. 그날 밤, 신혼부부가 묵은 선술집에는 뱃사람의 노랫소리가 울려 퍼졌다.

하이-오
우리는 멀리 간다네
강을 따라 내려간다네
오하이오 강을 따라

큰 너벅선(너비가 넓은 나무배).

그들은 큰 너벅선을 타고 가기로 했다.

개척지 사람들

드넓은 강에 하얀 안개가 피어올랐다. 루시는 배 안 온갖 물건이 가득 차 있는 나무 상자 사이에 새침하게 앉아 있었다.

초여름 오하이오 강은 꿈결처럼 아름다웠다. 강가를 따라 노랑연두 버드나무 가지가 늘어져 있었다. 주엽나무와 키 큰 보리수에 꽃이 피었고, 상큼한 꽃 냄새와 윙윙거리는 벌 소리가 따뜻한 강바람에 실려 공기 중에 떠다녔다. 드넓은 초록빛 저지대가 그늘진 언덕에 솟아났다. 여기저기 떠 있는 섬들 때문에 멀리 내다볼 수는 없었다. 하지만 섬을 벗어나자 드넓은 강이 펼쳐졌다. 야생 포도, 자작나무, 쥐방울나무 덤불을 지나쳤다. 곧이어 새의 노래가 들렸다. 세찬 가락은 갑작스레 멀리 사라졌다. 오듀본은 그 소리가 나무 피리 소리와 비슷하다고 생각했다. 뒤이어 은빛 강물 위로 흐르는 듯한 멜로디가 들려왔다. 뱃사공의 뿔피리에서 흘러나오는 부드럽고 느릿한 음색이 무척 아름다웠다. 낮에는 다른 배들을 거의 신경 쓰지 않았다. 하지만 해가 지자 뱃사공들은 몸을 사렸다. 떠도는 이야기만큼 잦은 건 아니었지만, 이따금씩 해적이 나타났기 때문이었다.

오듀본은 새벽이면 잠에서 깨어 숲에 사는 오리, 칠면조 등을 사냥하거나 물고기를 잡았다. 이른 아침이 되자 메기가 뛰어오르고 하얀 농어가 미끼에 걸렸다. 황금빛, 초록빛, 은빛 개복치가 개암나무 낚싯줄에 걸려들었다.

하루가 느릿느릿 흘러갔다. 한참을 더 가야 했다. 노 젓는 이가 고작 세 명뿐인 무거운 배는 굽이친 물길 970킬로미터를 빨리 나아갈 수가 없었다. 배는 자그마한 강의 수많은 어귀를 지나쳤다. 달이 떠오르면, 큰 노 하나만으로 키를 삼아 밤새도록 물에 떠 있었다. 그럴 때면 오듀본은 플루트를 불고 뱃사람들은 나무로 된 지붕 위에서 춤을 추었다.

따스한 오후 햇살이 질 무렵, 모래톱 너머에서 찰랑찰랑 강물 소리가 자그맣게 들려왔다. 폭포를 조심해야 한다는 뜻이었다. 배는 천천히 조심스럽게 나아갔다. 배들이 정박해 있는 것이 보였다. 배에 실려 있던 짐들은 5~6킬로미터 떨어진, 폭포 아래 시핑포트로 가는 것들이었다. 그곳에서 다른 배에 짐을 싣고 강 아래로 또다시 여행을 했다.

오듀본 부부는 즉시 '인디언 퀸'이라는 여인숙으로 갔다. 여인숙은 시끌벅적했다. 탁 트인 안마당에 손님들은 물을 길러 펌프 주위로 모여들었다. 옥수수 껍질 매트리스, 하얀 무명으로 만든 시트가 있는 방에서 보통 네 명, 여섯 명, 심지어 여덟 명이 함께 묵었다. 강 아래 개척지에서 온 험악하게 생긴 남자들이 끊임없이 그곳을 드나들었다. 뱃사람, 상인, 사슴 사냥꾼, 인디언들 몇 명도 거리를 활보하고 있었다.

1808년 켄터키 주의 루이스빌은 개척자의 마을이었다. 그곳에는 이미 많은 사람들이 경작 생활을 하고 있었다. 루이스빌과 시핑포트의 프랑스 이주민들은 프랑스혁명 기간에 단두대를 피해 프랑스에서 탈출한 사람들이었다. 그들 중에는 보복이 두려워 아예 이름을 바꾼 이들도 있었다.

젊은 오듀본과 말수가 적고 아름다운 아내 루시는 사람들로부터 환대를 받았다. 오듀본은 그곳의 농장주들과 함께 말을 타고 사냥을 했다. 특히 버사우드 가족은 평생 친구가 되었다. 오듀본은 이 작은 강가 마을이 아주 마음에 들었다. 마을의 식물학자 친구들을 사귀면서 많은 이야기를 나누었다.

강 건너에는 독립전쟁의 영웅 조지 클라크가 살고 있었다. 클라크는 조국에 대한 실망감을 안은 채 은퇴해 그곳에 살고 있었다. 그는 오듀본에게 자신의 사유 숲을 산책해도 좋다고 했다. 클라크는 루이스빌 외곽으로 이사했을 때도 오듀본 부부를 자주 초대했다. 그는 자연사를 공부했기에 새를 가까이에서 관찰하고, 또 자신이 가진 엄청난 정보를 사람들과 나누는 것을 아주 좋아했다.

"내가 질투심이 많았다면 정말 힘들었을 거예요. 새들이 다 나의 경쟁자니까요!"

루시는 새에 빠져 있는 남편에 대해 농담처럼 말하곤 했다.

남편이 물건을 사거나 팔기 위해 멀리 떠나 있을 때면 루시는 클라크 집에 머물며 신세를 지곤 했다.

오듀본은 이른 아침과 저녁 시간에 나무를 관찰하며 보냈다. 나무 위로 올라가 큰 가지에 곡예사처럼 자신의 몸을 묶고 그 안을 쳐다보기도 했다. 치밀하게 계획을 세워 새가 놀라지 않게 안으로 들어가려고 했다. 머리 위에 랜턴을 매달고, 나란히 모여 있는 새들을 아주 가까이에서 바라보았다. 나무 안은 손가락 하나도 비집고 들어갈 수 없을 정도로 촘촘했다. 속이 텅 빈 나무 몸통 속에 있는 새들은 어림잡아 8천 내지 9천 마리는 되어 보였다.

머리를 나무에 기대어 달라붙어서는 가만히 소리를 들어 보았다.

동이 트도록 아무 소리도 들려오지 않았다. 느닷없이 나무가 쪼개지는 듯한 소리가 안에서 들려왔다. 거의 30분 동안 커다란 물방아가 강력한 물줄기의 힘으로 안에서 빙빙 도는 것 같았다. 순간 나무 안에 있던 칼새들이 나타나 어두움 속에서 길을 만들어 루이스빌의 바위산을 향해 날아올랐다. 칼새들은 대부분 수컷이었다. 하지만 두 번째 둥지를 트는 계절의 끝자락에는 암컷들도 무리 중에 많이 끼어 있었다. 8월 중순, 칼새들은 남쪽을 향해 날아가다 커다란 구름 속으로 사라졌다.

일찍 일어나는 습관과 끈기는 오듀본에게 큰 도움이 되었다. 덕분에 꽤 오랫동안 자신이 좋아하는 일을 할 수 있었다. 그러고 나서 로지에와 함께 운영하는 작은 상점에서 탄약 주머니, 연장, 엿기름, 건포도 등을 팔았다.

어느 캄캄한 겨울밤, 오듀본은 날이 밝기 전 오하이오 강가 근처에서 기러기를 기다리고 있었다. 한동안 멀리 폭포 떨어지는 소리만 희미하게 들렸다. 그날 밤 기러기는 보지 못했지만 북쪽에서 온 흰올빼미를 볼 수 있었다. 올빼미는 날이 추워지면 따뜻한 곳을 찾아 날아온다. 모래톱 사이에 커다란 구멍이 있었는데 그곳은 물고기들의 은신처였다. 올빼미는 그 구멍을 노리고 있었다. 쥐를 잡기 위해 남의 눈을 피하는 고양이처럼 올빼미는 강 한복판에 있는 바위 위에 납작하

흰올빼미|Snowy Owl

게 엎드려 몸을 길게 폈다. 그리고 대가리를 물을 향해 아래로 쑥 내밀었다. 마치 잠을 자고 있는 것 같았다. 그러나 물고기가 구멍에서 나오면 녀석의 날카로운 발톱에 걸려들 게 뻔했다.

올빼미는 물고기를 낚아채 멀리 날아가 게걸스럽게 먹어 치우고 다시 돌아왔다. 더 이상 물고기가 나오지 않으면 다른 구멍으로 미끄러져 갔다. 아침이 밝아 오자 올빼미는 마치 작고 하얀 구름처럼 클라크 장군의 숲 속으로 사라져 갔다.

누군가 물건을 팔러 개척지로 가야 할 때면 언제나 오듀본이 가겠다고 나섰다. 쉽게 친구를 사귀는 오듀본의 성격은 장사에도 큰 도움이 되었다. 하루 이상 황무지를 걸어야 할 때도 있었지만 오듀본은 이런 여행이 무척 좋았다.

드넓고 완만한 켄터키 계곡이 오듀본 앞에 펼쳐졌다. 40년 전, 다니엘 분*이 처음 그곳에 왔을 때는 엘크(사슴의 한 종류)와 버펄로가 살고 있었다. 하지만 이제 엘크와 버펄로는 사라졌다. 이따금 엘크의 뿔이 통나무집의 서까래에서 발견될 뿐이었다.

다니엘 분 Daniel Boone 미국 건국 초기 서부 개척의 전설적 영웅.

켄터키 땅은 매우 비옥해 농사짓기에 안성맞춤이었다. 돌리네 doline(석회암 대지臺地의 우묵 팬 땅)에는 지의류와 이끼, 딱새 둥지가 숨어 있었다. 열매와 씨앗, 푸릇푸릇한 잎, 부드러운 과일들이 여름 내내 풍부했다.

온화한 날씨, 넉넉한 물길, 풍부한 초목으로 켄터키는 새들이 아주 좋아하는 서식지였다. 이 땅이 루이지애나에서부터의 장거리 이주 경로라는 사실을 당시 오듀본은 알지 못했다.

오듀본은 처음 보는 새들을 끊임없이 관찰했다. 봄과 여름에 나타나는 엄청난 새 떼를 보고 눈이 휘둥그레지기도 했다. 깊은 숲 속에서 상아부리딱따구리 소리가 들려왔다. 오듀본은 이 화려한 새를 유심히 관찰했다.

덤불백로가 내는 이상한 소리도 들려왔다. 나무로 만든 낡은 펌프에서 나는 소리와 비슷했다. 오듀본은 뼈 조각으로 암탉 울음소리를 내 야생 칠면조 부르는 법을 배웠다.

오듀본은 시각 못지않게 청각도 뛰어났다. 멀리 나뭇가지 위에서 들려오는 칠면조의 부드러운 걸음걸이 또는 칠면조가 날개를 퍼덕이며 살랑거리는 소리까지도 들을 수 있어서 소리만 듣고도 어느 정도 떨어져 있는지 차츰 알게 되었다. 낯선 새들의 비행 곡선을 따라가며 계속 듣고 관찰하고 기록했다. 밤에는 루이스빌로 새를 가져와 스케

상아부리딱따구리 Ivory-billed Woodpecker

치하며 색칠하는 고생을 마다하지 않았다.

찌는 듯한 여름, 먼지투성이 오솔길에서 붉은 홍관조가 먼지를 뒤집어쓰고 있었고, 이글거리는 태양 아래 밭에서는 담배 냄새가 피어올랐다. 고양이 울음소리를 내는 작은 새들은 잘 익은 블랙베리와 작은 곤충을 먹으려 애썼다. 어미 새들은 새끼들에게 먹이를 물어다 주었다. 오듀본은 수천 가지 새로운 새들을 관찰하고 기록하느라 수없이 많은 연필이 필요했다. 일기에 그날 관찰한 것은 물론 사소한 일까지도 적는 습관을 들였는데, 이것이 평생 습관이 되었다. 처음에는 프랑스어로 쓰다가 점차 영어로 썼다.

모든 것이 풍족한 곳에서 오듀본은 오직 새로운 발견에만 몰두했다. 이제 마음에 드는 구성을 위해 꽃이나 가지와 함께 종이 위에 새를 그리려는 생각은 접었다. 무엇보다도 먼저 관찰을 하는 게 중요했다.

로지에는 욕심이 늘어 가며 점차 우울해졌다. 이에 반해 오듀본은 더욱더 낙천적으로 변해 갔다.

언젠가 한번, 오듀본은 돈과 물건을 가득 실은 말을 이끌고 피츠버그를 향해 가고 있었다. 그러다 갑자기 모든 것을 내팽개치고 숲속 깊은 곳으로 뛰어들어가 딱새의 움직임을 관찰하기도 했다. 관찰을 마치고 되돌아왔을 때, 다행히 말들은 조용히 길가에서 풀을 뜯어 먹고 있었다. 물건도 그대로 있었다.

1810년 3월, 한 손님이 로지에와 오듀본의 가게에 들어섰다. 오듀본이 이 사람을 직접 만난 것은 딱 한 번에 불과하지만 오듀본의 삶에 중요한 역할을 할 운명이었다. 바로 바로 알렉산더 윌슨이었다. 윌슨은 원래 스코틀랜드 출신의 가난한 직공이자 시인이었다. 새를 관찰하고 그리기 위해 수많은 역경을 딛고 미국에 건너온 인물로 가난 때문에 어려움을 겪고 있었지만, 수많은 미국 새들을 분류하고 그리는 일을 멈추지 않았다. 곧 필라델피아에서 출판업자를 만나 자신의 작품집 《미국 조류학》을 낼 계획이었다. 윌슨은 이 책의 구독자를 찾으려는 희망을 품고 서부로 온 것이었다.

어쩌면 오듀본과 윌슨은 결코 친구가 되지 못했을지도 모른다. 둘은 너무나 달랐기 때문이다. 사실, 걱정이 많고 말이 없고 뚱하고 부정적인 윌슨은 친해지기 쉬운 사람이 아니었다. 오듀본은 윌슨에 비해 젊고 원기 왕성했다. 서로의 그림을 보고 경쟁의식이 일어나는 것은 어쩔 수 없었다. 윌슨은 출판에서 오듀본보다 앞서 갔다. 덕분에 미국 최초의 조류학자로 인정받았다. 윌슨은 이 젊은 무명 무역업자의 그림을 살펴보고, 자신의 그림보다 힘이 있다는 것을 알았다. 윌슨은 오듀본의 그림에서 자신이 보지 못한 새들을 보았다. 오듀본은 과묵한 윌슨에 비해 훨씬 더 뛰어난 예술가적 자질이 있었다.

훗날, 윌슨은 자신의 일기에 이렇게 적었다.

오듀본의 새 그림은 매우 훌륭하다. 나는 새로운 새 두 마리를 보았다.

두 사람은 함께 사냥을 하며 시간을 보냈다. 그리고 얼마 후, 윌슨은 홀로 외롭게 남쪽으로 떠났다.

윌슨이 루이스빌을 방문할 즈음, 오듀본은 또 한 명의 중요한 사람을 만났다. 유명한 개척자 다니엘 분이었다. 분은 이제 나이를 많이 먹었다. 그래도 등은 꼿꼿했고 강철 같은 눈빛도 여전했다. 손으로 짠 사냥용 셔츠를 입고 맨발에 모카신(인디언의 뒤축 없는 신)을 신었다.

가을 숲에서 둘은 함께 사냥을 했다. 분은 오듀본에게 다람쥐를 직접 총으로 쏘지 않고, 다람쥐가 앉아 있는 큰 가지를 맞추어 다람쥐 잡는 법을 가르쳐 주었다. 그날 밤, 모닥불 앞에서 분은 켄터키에서 자신이 겪은 모험담을 오듀본에게 들려주었다.

"한번은 그린 강가에서 혼자 사냥을 하고 있었지. 그때는 인디언들이 이곳에 살고 있을 때였어. 우리는 켄터키를 차지하기 위해 싸우던 중이었지. 나는 인디언들을 뒤쫓고 있었어. 곰이나 사슴이나 고양잇과 들짐승들을 뒤쫓는 것처럼 말이야. 하지만 인디언들은 영리했어. 나보다 한 수 위였지. 나는 모닥불 곁에서 쉬고 있었어. 그런데 마치 수천 개의 손이 나를 잡고 단단하게 포박하는 것 같았어. 죽음을 두려워하지 않는다는 것을 보여 주어야 했어. 그래서 캠프에 끌려갈 때까지 한마디도 하지 않았어. 그들 캠프에 도착하니, 귀청이 떨어져 나갈 듯한 함성이 들렸어! 가죽 끈으로 나를 나무에 묶더니 인디언 여자들이 내 사냥용 셔츠를 뒤져 귀중품을 찾더군. 마침 내 주머니에는 술이 가득 찬 병이 하나 있었지. 인디언들은 술병을 서로 건네며 술을 마셨어. 술병이 열 배쯤 컸다면 얼마나 좋았을까? 여자들이 전사들보다 더 많이 마시더군. 나는 술병이 별 도움이 되지 않을지도 모른다는 생각이 들었어. 그때 숲에서 총소리가 들려왔어. 남자들은 모두 화들짝 놀라 여자들과 몇 마디 주고받더니 숲으로 사라졌어. 여자들은 나를 지키기 위해 남아 있었던 것 같아.

남은 위스키가 인디언 여자들의 목으로 콸콸 넘어가기 시작했지. 그들은 바닥에 쓰러져 뒹굴더니, 이내 코를 골아 대기 시작했어. 나는 나무에 묶어 놓은 가죽 끈을 조금씩 풀었어. 그러고는 장작불 쪽으로 가서 모두를 제압했지. 난 그곳이 어딘지 표시해 두기로 했어. 무성하게 자란 물푸레나무가 있기에 칼로 커다란 조각을 세 개 팠어. 그리고 조심스레 도망쳤지. 나는 무사히 돌아올 수 있었어.

나중에 버지니아 사람 한 명이 켄터키로 말을 타고 와서, 드넓은 지역이 자기 땅이라고 주장했어. 내가 표시해 둔 물푸레나무 근처를 자기 땅이라고 하는 거야. 그런데 그 나무는 많이 자라서 나무껍질이 표시를 덮어 버리고 있었어.

이 버지니아 사람은 자신의 경계와 관련해 문제가 좀 있었지. 내가 나무에 표시를 해두었다는 이야기를 듣고, 그 사람은 켄터키로 돌아와 나무를 찾아봐 달라고 나한테 편지를 보냈더군. 생각해 보니, 그 나무를 찾을 수 있을 것 같았어. 그동안 숲이 많이 변하긴 했지만 말이야. 우리가 그곳에 도착했을 때는 밤이었어. 달이 뜨는 걸 기다렸다 물푸레나무가 있을 거라고 생각되는 곳으로 갔어.

그곳으로 가는데 왠지 인디언들이 아직도 거기에 있을 것 같은 느낌, 내가 여전히 포로로 잡혀 있는 것 같은 느낌이 들더군. 길을 찾으려면 날이 밝기를 기다려야 했기에, 우리는 캠프를 쳤지. 태양이 떠오를 때 나는 서 있었어. 한동안 생각해 보니, 그때 눈에 들어온 물푸레나무가 바로 그 물푸레나무 같았어.

역시 그 나무가 맞았어. 사람들은 마치 내가 조지 워싱턴이라도 되는 양 우러러 쳐다보더군. 나는 물푸레나무로 걸어갔지. 그리고 도끼를 잡고 나무껍질을 조금 잘랐어. 그런데 아무런 표시도 나타나지 않았어. 그래서 나는 다시 조심스럽게 도끼질을 했지. 칼로 살살 문지르며 살펴보았어. 마침내 내 돌도끼 자국이 있는 곳이 나왔어. 조심스럽게 문질렀더니, 마침내 자국 세 개가 선명하게 나타났지. 그렇게 해서 그 버지니아 사람은 자신의 땅을 갖게 되었어.”

그날 밤, 오듀본은 분과 방을 함께 쓰며 늦은 시간까지 이야기를 나누었다. 모닥불 가에 모여 있던 다른 사냥꾼들과 오듀본은 별반 다를 게 없었다. 주름 장식을 댄 하얀 셔츠와 검정 실크로 된 반바지를 입던 시절은 이미 지나갔다. 오듀본은 사냥꾼과 똑같이 입었다. 그것은 어느 정도 인디언 스타일과 비슷했다. 사슴 가죽으로 만든 셔츠와 각반*을 갖추고 칼집이 달린 나이프와 돌도끼를 매단 벨트를 찼다. 분은 미주리 상류에서 모피 동물을 덫으로 잡던 시절의 이야기를 들려주었다. 잠자리를 준비했지만 분은 한사코 침대를 마다했다. 사냥용 셔츠를 벗고 바닥에 담요 몇 장을 깔고는 그 위에 누웠다. 오듀본은 이 늙은 스카우트가 마음에 들었다.

오듀본은 야생에서의 삶을 아주 좋아했다. 오듀본에게는 다른 사람들이 그냥 지나치는 사소한 사건들을 모험으로 바꾸는 재능이 있었다. 그러나 일상생활 문제에 대해서는 무관심했다. 사실 사업 수완도 뛰어났지만 사업을 제일 중요한 문제로 여기지는 않았다. 오듀본이 원했던 것은 개척지의 진기한 풍경, 그곳에 있는 수많은 신비한 것들, 오감을 자극하는 기쁨이었다.

로지에는 가게를 운영하면서 실수를 많이 저질렀고 그래서 장사도 잘되지 않았다. 어떤 노련하고 똑똑한 사람들이 루이스빌에 가게를 차리는 바람에 장사가 더더욱 어려워졌다. 그래서 두 사람은 오하이

: **각반** 발목에서 무릎 아래까지를 보호하기 위해 돌려 싸는 띠.

오 강을 따라 하류로 200킬로미터 떨어진 헨더슨의 작은 마을로 옮겨 가기로 했다.

그 즈음 오듀본 부부 사이에서 아들 빅터가 태어났다. 루시는 여행을 할 수 있게 되자마자 아이를 데리고 고향인 팻랜드포드를 방문했다. 루시가 루이스빌에 돌아왔을 때는 이미 헨더슨으로 이사 가기로 결정된 상태였다. 로지에는 먼저 가 있었다.

오듀본 가족은 작은 배를 타고 이틀 동안 여행을 했다. 흑인 두 명이 노를 저었다. 때는 따뜻한 10월이었다. 희뿌연 햇볕이 언덕에 내리쬐었다. 단풍나무, 떡갈나무, 강철나무는 단풍이 알록달록 들어 있었다. 노를 저을 때마다 잔물결이 일 뿐, 오하이오 강은 저수지처럼 고요했다. 높은 산등성이 위에서 사슴이 우아한 자태를 뽐내고 서 있었다. 오듀본은 야생 칠면조, 들꿩, 초록날개쇠오리를 사냥했다. 강가에 모닥불을 피우고 맛있는 저녁식사를 했다.

달이 떠올라 강을 비추었다. 날이 밝아 오자 커다란 뿔이 달린 올빼미 한 마리가 작은 섬의 버드나무에 앉아 있는 것이 보였다. 오듀본이 총을 쏘자 올빼미가 섬으로 떨어졌다. 오듀본은 얼른 배에서 뛰어내려 섬을 향해 헤엄쳐 갔다. 그런데 물로 살짝 덮여 있던 모래톱 위, 물에 밀려 흘러내리는 모래에 빠지고 말았다. 몸이 계속 가라앉았다. 만약 흑인들이 움직이지 말라고 소리쳐 알려주지 않았다면, 오듀본은

아마 저세상으로 갔을 것이다. 어린 빅터를 품에 앉고, 루시는 어쩔 줄 몰라 허둥댔다. 흑인들은 노와 강물에 떠 있는 나무를 이용해 다리를 놓고, 천천히 오듀본을 끌어당겼다. 아쉽지만 올빼미는 남겨 두고 와야 했다.

배는 그린 강 어구에 도착했다. 몇 킬로미터 더 나아간 뒤, 헨더슨의 붉은 둔덕에 도착했다. 빽빽한 대나무 숲이 강을 따라 자라고 있었다. 몇 킬로미터 떨어지지 않은 곳에 야생동물이 소금을 핥으러 모이는 소금 못이 있었는데, 한때 엘크와 버펄로가 엄청나게 몰려들던 곳이었다. 그곳에는 아름답게 빛나는 배너스톤[*]이 있었다. 일부에는 신비한 천둥새[*]의 모습이 남아 있었다. 이 지역에는 돌로 된 유물이 잔뜩 묻혀 있었다. 새, 개구리, 뱀 머리, 사슴 발, 여우, 올빼미의 형상이 새겨진 담뱃대도 있었다.

몇 주 동안 화창한 날씨 속에서 오듀본과 로지에는 물건을 제법 팔았다. 하지만 이 지역 농장주들 대부분은 여행에 익숙한 사람들이었다. 그들은 피츠버그나 필라델피아 심지어 뉴올리언스까지 가서 필요한 물건들을 사왔다. 그래서 추운 겨울이 오기 전, 오듀본과 로지에는 미시시피 강에 접해 있는 프랑스 식민지에서 물건을 팔아 보기로 했다.

그린 강 근처 농장에는 랜킨 박사가 대식구와 함께 살고 있었다. 박사는 학식이 풍부하고 친절한 사람이었다. 그는 자연과학에 관심이 많아 처음부터 오듀본 부부를 좋아했다. 박사는 오듀본과 로지에가 머나먼 서부로 가 있는 동안 루시와 어린 빅터를 자신의 집에 머물게 해주었다.

그레이트 벤드에서

길을 나서자 강 위로 눈이 휘몰아쳤다. 오듀본과 로지에는 사냥꾼들과 함께 대형 평저선을 타고 갔다. 배에는 숙달된 뱃사공들이 있었다. 뱃사공 중에는 인디언과 프랑스인도 있었다. 이들은 강을 아주 잘 알았다. 뱃사람들은 눈보라의 하얀 돌풍 속에서 조심스럽게 노를 저었다. 배가 곧 속도를 내기 시작했다.

⋮ 그레이트 벤드Great Bend 강이 시내 중심부에서 'U'자 형으로 크게 활처럼 굽어 있는 곳을 말하는데, 미국 캔자스 주 중부에 있는 도시 이름이기도 한다. 아칸소 강이 크게 굽이쳐 흐르는 곳에 위치해 있어 그레이트 벤드로 불리게 되었다.

오지의 겨울은 몹시 추웠다. 날이 밝자 물새들이 강을 향해 날아올랐다. 그곳을 흐르는 강물과 그 옆에 강둑이 그나마 약간의 온기를 보태 주었다.

눈보라가 흩날렸다. 하지만 뱃사람들은 오하이오 강의 날씨를 잘 알았다. 셋째 날 밤, 배는 캐시크릭으로 들어갔다. 캐시크릭은 일리노이에서 미시시피 강을 따라 옆으로 흐르는 작은 강으로, 그곳에는 넓은 어구가 있어서 좋은 쉼터가 되어 주었다. 한때는 악명 높은 해적의 피난처이기도 했다. 해적은 그곳에 숨어서 지나가는 배를 공격하고 닥치는 대로 사람을 죽였다고 한다. 지금은 청둥오리, 쇠오리, 비오리, 기러기 등에게만 알려진 듯했다.

해가 뜰 무렵, 일행이 잠에서 깨어 보니 근처에 쇼니족 인디언이 있었다. 약 50가족 정도가 숲 속에서 야영을 하고 있었다. 강 상류 쪽에서 배 한 척이 다가왔다. 배에 타고 있던 프랑스 상인들이 미시시피 강이 아주 빠른 속도로 얼어붙고 있다고 알려 주었다. 그래서 오듀본 일행은 날씨가 풀릴 때까지 기다리기로 했다. 로지에는 불안해했다. 날이 풀릴 때까지 기다렸다가는 직물, 화약통, 위스키 등을 다 팔지 못할 것 같았다. 한편 쇼니족이 강 건너 내륙으로 들어가 사냥을 하려 한다는 사실을 안 오듀본은 그 기회를 행운이라고 여겼다. 쇼니족이 백인들과 싸움을 벌인 것은 아주 오래전이었다. 이제 쇼니족은 어설

프게나마 영어나 프랑스어를 할 수 있을 정도로 아주 친해졌다. 함께 사냥을 떠나는 것은 그리 어렵지 않았다.

쇼니족 여자 여섯 명이 노를 저었다. 쇼니족 사냥꾼들과 함께 급류를 건너 켄터키 쪽 땅에 상륙했다. 남자들이 관목 숲을 헤치며 길을 만들어 나갔다. 마침내 작고 황량한 호수가 나왔다. 고니 수백 마리가 물 위에서 노닐고 있었다. 사냥꾼들은 일정한 거리를 두고 흩어졌다. 첫 번째 그룹이 총을 발사하자 고니들이 날아올랐다. 인디언들은 아름다운 순백의 깃털을 원했다. 이 깃털은 수많은 손을 거쳐 유럽 여성들의 몸을 감싸게 될 터였다.

사냥꾼 하나가 고둥 껍데기를 시끄럽게 불자, 나무열매를 줍고 있던 인디언 아낙네들은 재빨리 나무열매와 곰 비계 덩어리로 수프를 끓였다. 오듀본은 다른 사냥꾼들과 함께 따뜻한 불가로 발을 뻗었다. 인디언 여인들은 깃털 손질을 했다.

다음날 아침, 쇼니족이 커다란 곰이 숨어 있는 곳을 발견했다면서 함께 사냥을 가자고 했다. 이 인디언 곰 사냥꾼들은 백인들과는 크게 달랐다. 인디언들은 차분하고 꼼꼼했다. 숲속의 희미한 흔적을 따라가다 이따금 희미한 자국을 가리키며 그것이 '곰'이라고 했다. 땅에 쓰러져 있는 커다란 고목 앞에서 어린 나무를 향해 손을 흔들었다. 인디언은 통나무 앞에서 땅에 엎드려 칼을 꺼내, 아무 소리도 내지 않고 통나무 안으로 들어갔다. 한동안 모든 것이 쥐죽은 듯 고요했다. 곰이 깨어난다면 끔찍한 일이 벌어질 게 뻔했다. 곧 숨이 끊어진 곰의 발이 모습을 드러내더니 마침내 몸 전체가 나왔다. 인디언은 곰의 어느 부위를 공격해야 하는지 잘 알고 있었다.

나중에 오듀본은 이렇게 말했다.

"백인 사냥꾼이었다면 그런 위업을 영원히 자랑했을 것이다. 하지만 인디언은 그저 자신이 잡은 곰을 끌고 나와 가죽을 벗기고 나무에 매달았다. 그리고 여자들이 와서 고기와 가죽을 가져갔다."

다음 날 인디언들은 야영지에서 철수하고는 카누를 타고 강 하류로 내려갔다.

날씨가 조금씩 풀리기 시작했다. 로지에는 쇼니족도 여행을 하는데 백인이라고 못하리라는 법은 없을 거라며 여행을 계속하자고 우겼다.

"여행을 계속하려면 밧줄을 끌어당길 준비를 해야 합니다."

나머지 며칠 동안, 노를 깎고 밧줄을 새로 만드는 데 시간을 보냈다. 강가에서 이 밧줄을 잡아당기며 배를 상류로 끌어야만 했다.

모두 밧줄을 끌어당겼다. 오듀본은 힘이 세서 뱃사공들이 아주 좋아했다. 오듀본 또한 이 힘든 여행을 즐겼다. 오듀본은 밧줄과 씨름하면서도 숲이나 땅을 눈여겨보았다. 새들과 신기한 조개껍질들도 보았다.

다시 여행을 시작한 첫째 날은 10킬로미터를 나아갔다. 밤에는 야영을 했다. 해가 뜨면 아침을 먹고 다시 배를 끌기 시작했다. 날씨는 점점 추워지고 있었다. 강에 떠다니는 얼음 조각이 얇은 층을 이루더니 이내 단단한 덩어리가 되었다. 둘째 날, 여행 속도는 더욱 더뎌졌다.

강은 이제 꽁꽁 얼어 버렸고 하늘도 어둑해졌다. 눈보라가 몰아칠지도 모른다는 걱정에 모두들 열심히 움직였다. 나무를 쓰러뜨려 배 옆 물속으로 밀어 넣었다. 삐걱거리는 얼음덩이로부터 선체를 보호하기 위해 나무를 배 양쪽에 단단히 묶었다. 땔감을 마련하려 나무를 더 구해 왔다. 물건들을 강가로 꺼내 천으로 덮고 나서 불을 지폈다. 다음 날, 얼음에 구멍을 내어 낚시를 했다. 강둑에서 주머니쥐 구멍을 발견하고 덫을 놓았다. 일주일도 되지 않아 사슴, 칠면조, 너구리, 주머니쥐가 머리 위 나뭇가지에 주렁주렁 매달렸다.

로지에는 말로 표현할 수 없을 정도로 비탄에 빠져 있었다. 담요를 뒤집어쓰고 마치 겨울용 막사에 있는 다람쥐처럼 식사 때 빼고 좀처럼 얼굴을 내밀지 않았다. 반면 오듀본은 아주 쾌활했다. 이 황량한 곳에서의 모든 것이 즐겁기만 했다.

늑대들이 야영지 주위를 어슬렁거렸지만 쉼 없이 타오르는 불꽃 때문에 가까이 다가오지 못했다. 불꽃은 머리 위 떡갈나무 가지를 밝게 비추었다.

늑대들은 나흘 동안이나 주위를 어슬렁거렸다. 어느 날, 고니 떼가 얼음 위에 내려앉자 늑대들이 강에 나타났다. 늑대들은 몸을 낮추어 고니를 향해 살금살금 다가갔다. 고니도 경계를 늦추지 않았다. 늑대 무리가 90미터 정도 되는 곳까지 다가오자 고니는 날카로운 울음소리를 내며 늑대들이 따라올 수 없을 만큼 재빨리 날아올랐다. 강 위를 한동안 선회하더니 갑자기 내려와 날개로 얼음을 세차게 내리치며 우레와 같은 소리를 냈다. 그러고는 우아하고도 의기양양하게 공중으로 다시 떠올라 늑대들 위를 날아다녔다. 마치 새들의 냄새를 맡기라도 하듯, 늑대는 코를 하늘로 향했다. 고니들은 멀리서 밝게 빛났다. 그리고 다시 한 번 날개로 얼음을 세차게 내리쳤다.

멀지 않은 곳에서 야영을 하고 있던 오세이지족 한 무리가 백인들의 야영지를 보고는 다가왔다. 오세이지족은 영어나 프랑스어를 거의 못했지만, 어느 정도 의사소통은 할 수 있었다. 오세이지족의 멋진 태도에 감탄한 오듀본은 답례로 그들의 야영지를 찾아갔다. 붉은 분필로 그들 중 한 명의 초상화를 그리자 사람들은 큰 소리로 웃으며 즐거워했다.

오듀본은 오세이지족을 따라 사냥감을 찾아 나섰다. 덕분에 그 지역의 숲과 호수를 둘러보고 인디언의 생활방식을 체험할 수 있었다. 헨더슨에서 합류한 포프가 오듀본과 함께 갔다. 둘은 인디언 여자들이 바구니 만드는 것을 지켜보면서 식물 염료 활용하는 방법을 배웠다. 뿌리와 열매를 모아 음식과 약으로 이용하는 것도 보았다. 오세이지족은 눈썰미가 빠른 오듀본을 무척 좋아해서 오듀본이 관찰하던 새들의 생활방식을 몸짓으로 가르쳐 주었다.

밤이 되면 오세이지족이 자주 야영지에 찾아왔다. 여자들도 데리고 왔는데, 여자들은 나무줄기로 바구니를 만들었다. 사냥꾼들은 느긋하게 담배를 피우면서 오듀본의 그림을 보고 즐거워했다.

오듀본은 너구리, 주머니쥐, 토끼, 다람쥐, 늑대, 고니, 뱃사람, 사냥꾼, 인디언 등을 그렸다. 다람쥐를 닮은 로지에를 우스꽝스럽게 표현하기도 했다. 그러면서 그날그날 일어났던 일들을 일기에 적었다. 날이 밝기 전에 일어나는 것처럼 일기 쓰는 것도 몸에 배어 습관이 되었다.

저녁이 되면 젊은 포프가 바이올린을 연주하곤 했다. 일기를 다 쓴 뒤 오듀본은 플루트를 꺼내 불었고 뱃사공들은 노래를 불렀다. 오듀본과 포프가 연주를 하면 다른 사람들은 춤을 추었다. 그러면 오세이지족은 배꼽이 터져라 웃어 댔다. 오세이지족은 음악은 물론이고 이 '회전운동'을 무척 재미있어했다.

살을 에는 듯한 추위 속에서 몇 주가 흘러가자 오듀본 일행은 몹시 초조해졌다. 한동안은 빵이 없어 말린 칠면조 고기만 먹었다. 곰의 지방을 버터 삼아 발라 먹었는데, 맛이 고약해 금방 싫증이 났다. 곰 고기와 주머니쥐 고기 또한 맛이 없기는 마찬가지였다. 오듀본은 북쪽으로 걸어가 강을 건너 빵과 고기를 가져오기로 했다.

오듀본은 포프와 함께 길을 나섰다. 마침내 해 질 녘이 되어 발자국을 찾아냈다. 발자국을 따라가면 강이 있을 것 같았다. 그런데 발자국을 따라 걸어가 보니, 자신들이 출발했던 야영지가 나오는 게 아닌가!

"뭐야, 고기 한 점 없잖아? 식량은 어디 있는 거야? 바보들!"

로지에는 잠자다 말고 눈을 비비며 이렇게 말하고는 다시 털 덮개 속으로 파고들었다. 오세이지족은 재미있다는 듯 눈 위를 데굴데굴 뒹굴었다.

오듀본은 날이 밝으면 다시 출발하기로 마음먹었다. 이번에는 강이 커다랗게 굽이치는 곳으로 곧바로 갔다. 어느새 날이 어두워졌다. 그날 밤은 버려진 통나무 오두막집에서 보내야 했다. 밤사이 눈발이 흩날렸다. 아침에 일어나니 고드름이 나무에 매달려 햇빛에 반짝이고 있었다. 머리 위 나뭇가지 위에 있는 칠면조가 눈부셔 보일 정도였다. 포프와 오듀본이 그 밑으로 걸어가도 칠면조는 꼼짝하지 않았다.

밝은 색 목도리를 흔들고 총을 쏘아 강 맞은편에 신호를 보내자, 이내 카누 한 척이 깨진 얼음을 뚫고 다가왔다. 두 사람은 밀가루, 고기, 빵 덩어리를 얻은 뒤 뛰다시피 걸어서, 한밤중이 조금 지나 야영지에 도착했다.

2주일이 또 지나갔다. 이제 얼음이 쩍쩍 갈라졌다. 하지만 이내 다시 얼어붙고 말았다. 얼음이 커다란 성벽처럼 쌓여 앞을 가렸다. 천천히 강물이 흐르기 시작했다. 강물이 흐르면서 배를 보호하기 위해 옆에 매달아 놓았던 통나무와 얼음이 부딪히기 시작했다. 인디언들의 도움으로 더 많은 통나무를 잘라 두툼한 줄기를 이용해 배에 덧대었다. 이렇게 하면 안전하리라 생각했다.

하지만 그들은 겨울 미시시피 강을 제대로 알지 못했다. 한밤중에 갑자기 다급하게 외치는 소리가 들렸다.

"얼음이 깨진다! 일어나! 일어나! 배로 가! 도끼를 가지고 가! 서둘러, 안 그러면 배를 잃게 될지도 몰라! 여기 횃불을 들고 가!"

얼음이 어마어마한 소리를 내며 미끄러지고 있었다. 엄청난 총소리 같았다. 강물이 범람하고 있었다. 새벽이 되자 강은 얼음으로 뒤덮였다. 얼음 덩어리들이 배로 쏟아져 와 완충장치로 매달아 놓은 통나무들을 산산조각 내버렸다. 강물이 불고 얼음은 하류로 흘러가기 시작했다. 사람들은 피곤에 지쳐 가쁜 숨을 몰아쉬며 미시시피 강이 점점 불어나는 것을 지켜보았다. 대포 포격 소리와 같은 굉음이 아래에서 들려왔다.

일행은 상류로 올라가기로 하고 배에 짐을 실었다. 야영지는 오세이지족에게 물려주었다. 오세이지족과는 마치 형제들이 헤어지는 것처럼 작별 인사를 나누었다.

며칠이 지나 그들은 그랜드 타워에 도착했다. 그곳은 오랫동안, 미시시피 강을 여행하는 사람들에게 이정표가 되어 왔다. 이곳에서 모래톱, 작은 섬, 물 위를 떠다니는 나무통을 피하려면, 강 한가운데로 가야 했다. 강 위로 어두운 구름이 드리웠다. 일행은 다시 한 번 밧줄을 끌어당기는 힘겨운 작업을 했다.

하루 동안 커다란 바위 맞은편에서 휴식을 취했다. 갑자가 누군가가 외쳤다.

"물수리다! 저기!"

커다란 구릿빛 새가 높은 곳에서 천천히 내려오고 있었다. 잠시 구름이 잔뜩 낀 하늘에 매달려 있더니 곧 물고기를 향해 힘차고 날쌔게 내려왔다.

오듀본은 그때 물수리를 처음 보았다. 흥분으로 숨을 쉬지 못할 지경이었다. 분명 학계에 알려지지 않은 새라고 확신했다. 그래서 그 새를 '워싱턴독수리'라고 이름 지었다.

힘겨운 밧줄 작업이 이어졌다. 마침내 생뜨즈느비에브에 도착했다. 홍수에 대비해 강에서 멀리 떨어진 곳에 지어진 생뜨즈느비에브는 미시시피 강 서쪽에서는 가장 오래된 백인 정착촌이었다. 덧문이 달린

워싱턴독수리 Washington Eagle

집, 상점의 모습, 진흙투성이 거리 등이 모두 프랑스풍이었다. 당시 강 상류 쪽에 위치한 세인트루이스는 그다지 큰 규모가 아니었다. 이 두 곳이 뱃사공, 모피상, 여행객들, 덫사냥꾼들, 인디언, 선교사의 집 결지였다.

생뜨즈느비에브에서 오듀본과 로지에는 자신들이 가지고 온 물건들을 비싼 가격에 팔았다. 강이 얼어붙어 생활필수품이 부족했고, 오듀본 일행은 난관을 성공적으로 뚫고 온 몇 안 되는 사람들이었다. 로지에는 더 이상 낙담하지 않았다.

로지에는 이곳에 남고 싶어 했다. 이곳에서 한 여자와 사랑에 빠졌기에 더욱 그랬다. 오듀본은 남은 물건에 대한 자신의 소유권을 로지에에게 팔고 혼자 헨더슨으로 돌아가기로 결심했다.

오듀본은 헨더슨까지 걸어서 돌아가기로 하고 길을 나섰다. 오직 개 한 마리를 벗 삼아 출발했다. 오듀본에게는 동물들, 생명체에 대한 예민한 감수성이 있었다. 이것이 오듀본으로 하여금 밀그로브에서 딱새 둥지에 손을 내밀게 한 것이다. 개들은 오듀본이 무엇을 원하는지 즉각 알아차리는 것 같았다. 오듀본이 새를 관찰할 때면, 개들은 그 옆에 몇 시간이고 엎드려 있었다. 오듀본은 개들을 훈련시켜, 사냥한 새들은 물론이고 아주 작은 딱새까지도 상처 하나 입히지 않고 물어 오도록 했다.

제퍼Zephyr(미풍, 산들바람이라는 뜻. 개 이름)와 함께하는 여행은 무척 행복했다. 날씨는 화창했고 평원은 화사한 색들이 넘쳐 났다. 발종다리와 흰멧새는 이미 사라지고 없었다. 오듀본이 걸어갈 때면 들종다리가 날아올랐다. 상쾌한 아침이면 공중과 울창한 풀밭, 시냇가에서 새들이 노래하는 소리가 들렸다.

대초원의 딱새들은 가시나무가 무성한 수풀 속에 몸을 숨겼다. 오듀본은 새들을 바라보며 느릿느릿 걸었다. 플록스˚의 나지막한 작은 가지에 앉아 있는 딱새 모습에 정신을 빼앗기기도 했다. 재빨리 스케치를 하고 색에 대해서는 간략하게 메모를 해두었다. 이 메모가 나중에 색칠할 때 아주 유용했다.

어느 날 밤, 오듀본은 친한 오세이지족 야영지에서 하루를 보내다 호리병박이 텐트 밖에서 흔들리는 모습을 보았다. 그곳에는 자줏빛 제비들이 둥지를 틀고 있었다. 식량이 떨어졌을 때 말끔한 오두막집을 발견한 적도 있었다. 그곳에서 옥수수빵, 우유 등으로 융숭한 대접을 받았다. 오듀본은 직접 불을 피워 혼자 야영을 하기도 했다.

어느 날, 오듀본은 늦은 시간까지 걷고 있었다. 어스름이 갑자기 닥

치고 쏙독새가 공중을 선회하며 깊은 초원 위를 스치듯 지나갔다. 야영할 곳을 찾고 있는데 마침 앞에서 희미한 불빛이 비쳐 왔다. 곧 문이 열려 있는 작은 통나무 오두막집으로 들어갔다. 뭔가 커다란 것이 앞을 스쳐 지나갔다. 우락부락한 여자였다. 오듀본이 하룻밤 머무를 수 있는지 묻자, 여자는 퉁명스럽게 "그러세요."라고 대답했다. 그러면서 오듀본에게는 아무것도 주지 않았다.

문으로 들어서자 건장한 인디언 청년이 불 앞에 누워 있는 것이 보였다. 머리를 감싸 쥐고 팔꿈치는 무릎 위에 올린 채 꼼짝하지 않았다. 숨도 쉬지 않는 것 같았다. 다리 쪽에는 너구리 가죽이 놓여 있었다. 벽에는 기다란 활이 비스듬히 걸려 있었다.

오듀본이 몇 시나 되었나 보려고 시계를 꺼내자 주인 여자의 태도가 백팔십도 달라졌다. 사슴 고기와 버펄로 육포도 있고 벽난로 화로에는 납작하고 얇은 빵이 있다고 서둘러 말했다. 그러면서 옆에 바짝 붙어 시계를 보려 안달을 했다. 오듀본은 시계를 떼어 시곗줄과 함께 주인 여자의 손에 쥐어 주었다. 그녀는 시계 값을 물었다. 그러면서 자기의 굵은 목에 시계를 걸고는, 그런 시계를 갖고 싶었다고 말했다. 오듀본은 여자에게 눈길을 주지 않은 채, 사슴 고기를 뜯어 먹으며 제퍼에게도 조금 나누어 주었다.

오듀본이 식사를 하는 사이 인디언은 힘겹게 자리에서 일어나 앉았

들종다리Meadowlark

다. 오듀본 곁을 몇 차례 지나치던 인디언은 주인 여자가 보지 않을 때, 오듀본의 팔을 아주 세게 꼬집었다. 오듀본은 하마터면 큰 소리로 비명을 지를 뻔했다. 인디언은 한쪽 눈으로 소름끼치게 쳐다보았다. 오듀본의 표정이 굳어졌다. 인디언은 다시 자리에 앉아 벨트에서 기다란 칼을 꺼내 만지작거리다 이내 손을 뒤로 넣어 돌로 만든 파이프를 꺼내 담배를 채웠다. 이따금 야릇한 눈으로 오듀본 쪽을 쳐다보았다.

밤이 깊자 오듀본은 주인 여자에게 자신의 시계를 달라고 해서 시계를 감고 다음 날 날씨가 어떨 것 같은지 물어보았다. 오두막에는 침대는 없고 곰 가죽만 쌓여 있었다. 오듀본은 곰 가죽 한 장을 들고 제퍼를 옆에 누인 뒤 총을 손에 쥔 채 자는 척했다. 잠시 뒤, 여자를 닮은 난폭하게 생긴 건장한 젊은이 둘이 어깨 위에 총을 메고 들어왔다. 젊은이들은 위스키를 달라고 해 벌컥벌컥 들이켰다.

"저 녀석은 누구야?"

오듀본을 발견하고는 이렇게 외쳤다.

"저 녀석은 여기서 뭐하고 있는 거야?"

인디언을 가리키며 물었다.

"조용히 해!"

여자가 말했다. 그러고는 젊은이들을 한쪽 귀퉁이로 데리고 갔다.

오듀본은 그들이 무슨 이야기를 하나 엿들었다. '시계'라는 말이 들리는 것으로 보아 무슨 일이 일어날지 대충 감을 잡을 수 있었다. 오듀본은 제퍼를 살짝 어루만졌다. 제퍼는 지금 무슨 일이 벌어지고 있는지 아는 듯했다. 낯선 사람들과 자신의 주인을 번갈아 쳐다보고 있던 것이다.

젊은이들은 위스키를 더 달라고 소리쳤다. 곧 술에 취해 비틀거렸다. 주인 여자 또한 엄청 마셔 댔다. 곧 여자가 선반에서 커다란 칼을 끄집어냈다. 그러더니 칼을 들고 밖으로 나갔다. 오듀본은 희미한 불빛 속에서 여자의 모습을 보았다. 돌 모서리에 윙윙 소리를 내며 칼을 가는 소리가 들려왔다. 그녀는 돌아와 젊은 사람에게 칼을 건네며 조용히 하라고 했다.

"저기! 그놈을 앉혀!"

주인 여자가 인디언을 가리키며 말했다. 그리고 오듀본 앞으로 다가왔다.

오듀본은 총을 쏠 준비가 되어 있었다. 그 순간, 문이 열리고 뚱뚱한 여행객 두 명이 젊은이들을 향해 총을 겨눈 채 안으로 들어왔다. 오듀본은 총으로 주인 여자를 겨누고, 동시에 제퍼는 그녀의 발목 근처에서 으르렁거렸다. 인디언의 도움으로 세 명을 가죽 끈으로 단단히 묶어 벽에 처박았다.

인디언은 한쪽 눈을 보지 못했지만 몸놀림이 마치 춤을 추는 것 같았다. 인디언은 오듀본과 의사소통하기 위해 최선을 다했다. 도망칠 수 있는 기회가 없었노라고 말하는 것 같았다. 인디언은 눈에 상처를 입어 우연히 그 집에 들어오게 되었던 것이다.

집에 갑자기 들어온 낯선 사람들은 외딴 오두막집에서 이와 비슷한 경험을 한 적이 있었다. 당시 혼자 여행하는 것은 이토록 무시무시한 일이었다.

다음날 아침, 두 명의 여행객들은 오두막집을 불태우고 가죽과 비품들을 인디언에게 준 뒤, 집 주인 세 명을 숲으로 데리고 가 총을 쏘아 죽였다. 오듀본은 아슬아슬하게 목숨을 구한 것이다.

오듀본은 계속 걸어 루시가 기다리고 있는 헨더슨에 도착했다.

신나게 말을 타고

'바로'는 새로 잡은 야생마였다. 오래전에 아라비아에서 에스파냐로, 에스파냐에서 멕시코로, 그러고 나서 서부 대평원으로 온 혈통이었다. 초기 에스파냐 탐험가들이 재난을 만났을 때에도 말들은 살아남아 대평원의 야생말들과 교배를 했다. 하지만 아라비아 말의 아름다움은 바로에게 이어지지 못했다.

바로의 이마는 툭 튀어나와 있었다. 갈기는 엉망으로 흐트러져 계속 앞에서 나풀거렸다. 꼬리는 형편없이 아래로 축 처졌다. 그래도 가슴이 넓고 다리는 흠 없이 실했다. 콧구멍에서 기품이 느껴졌다. 몸은 전체적으로 밤색이었고 다리는 짙은 검은색이었다. 녀석은 편자를 박은 적이 없었다. 그래도 검은 발굽은 단단했다.

오듀본은 바로의 등에 올라탔다. 바로는 오듀본을 태우고 부드럽게 숲 속으로 나아갔다. 길 앞에 가로놓인 2미터 두께의 커다란 통나무에 다가갔을 때, 오듀본은 말에 박차를 가하지 않고 다리를 말의 배에 바짝 붙였다. 바로는 사슴처럼 통나무를 가뿐하게 뛰어넘었다. 오듀본은 바로에게 통나무를 여러 번 뛰어오르게 했다. 그럴 때마다 바로는 재주 부리는 조랑말처럼 계속 뛰어올랐다. 오듀본은 바로를 타고 늪지대로 들어갔다. 바로는 마치 그 깊이를 재기라고 하는 듯 코를 물 표면에 바짝 붙인 채 조심스럽게 통과했다. 그러고 나서 전속력으로 달렸다. 오듀본은 안장에 앉아 칠면조를 총으로 쏘았다. 바로는 마치 포수처럼 칠면조를 향해 달려갔다.

'수영도 잘할 수 있을까? 뛰어난 말 중에도 수영을 못하는 놈들이 있는데…….'

오듀본은 바로를 타고 오하이오 강으로 갔다. 바로는 급류를 피했다. 녀석은 머리를 물 위로 드러내고 콧구멍을 벌름거리며 자유롭게 숨을 쉬었다. 다른 말들처럼 물속에서 투덜거리는 소리를 내지 않았다. 오듀본은 바로를 데리고 조류를 거스르며 직접 강 하류로 내려갔다가 다시 상류로 올라왔다.

바로가 특별히 좋아하는 먹이가 있었는데 그것은 바로 암탉의 알이었다. 그렇다고 둥지를 털거나 하지는 않았다. 또 호박도 무척 좋아했다. 루시도 바로를 탄 적이 있었는데, 녀석은 루시를 태우고 거친 오솔길을 부드럽게 달렸다.

오듀본과 루시와 어린 빅터는 이제 랜킨 박사네 집, 안락한 이층짜리 통나무집에 살고 있었다. 오듀본 가족은 비교적 여유 있는 생활을 했다. 오듀본은 생뜨즈느비에브 여행에서 상당한 돈을 벌었고 다시 자신의 가게도 갖게 되었다. 규모는 여전히 작았지만 이윤은 꽤 높은 편이었다. 농부도 아니고 농장 주인도 아니었지만 오듀본에게는 좋은 땅을 볼 줄 아는 안목이 있었다. 오듀본은 이제 자신의 이윤을 땅에 투자하기 시작했다. 그리고 언제나 사들인 값보다 비싸게 되팔았다. 게다가 오듀본보다 먼저 생뜨즈느비에브에서 돌아와 있던 젊은 포프를 점원으로 쓰는 행운도 얻었다. 포프는 믿음직하고 정직했다. 가게 문을 닫고 난 뒤에는 새에 대해 이야기를 나누거나 함께 숲을 탐험하기도 했다.

이즈음은 모든 것이 풍족했다. 오듀본은 때때로 루시와 함께 말을 타고 달렸다. 가끔은 팻랜드포드까지 장거리 여행을 하기도 하는 등 행복한 나날을 보냈다. 루시는 수영을 잘했다. 여름이면 두 사람은 오하이오 강에서 수영을 즐겼다. 어린 빅터도 무럭무럭 잘 자라 주었다. 그리고 헨더슨으로 이주한 지 2년 정도 지나 둘째 아들 존이 태어났다.

오듀본은 랜킨 박사 가족이 먹을 물고기와 사냥감을 잡아다 주었
다. 그 가족은 대식구였다. 오듀본은 때때로 바로를 타고 멀리 사냥을
떠났다. 오듀본은 집에 돌아오면 루시, 랜킨 박사와 함께 수많은 이야
기를 나누었다. 랜킨 박사는 숲과 강의 새로운 소식에 대해 늘 궁금해
했다. 친구와 이웃들도 오듀본의 풍성한 이야기에 귀를 기울였다. 또
한 오듀본의 연주와 프랑스 노래도 언제나 환영받았다.

언젠가 오듀본이 나무 위에 올라가 구멍 속 어린 딱따구리들을 관
찰하고 있을 때였다. 딱따구리 새끼를 꺼내려고 손을 넣었는데, 살아
있는 검정뱀이 느껴졌다! 검정뱀이 팔에 똬리를 틀자 오듀본은 허둥
지둥 나무에서 미끄러져 내려왔다.

"무서웠나요?"

이야기를 듣고 있던 사람이 물었다.

"무서웠죠!"

오듀본은 담담하게 설명했다.

"하지만 나보다 뱀이 더 무서워하는 것 같던데요."

당시 그곳의 대부분의 사냥꾼들과 마찬가지로 오듀본도 머리를 길
게 길렀다. 왠지 모르게 그 모습이 멋있어 보였다. 하지만 개척지를 알
고 있는 사람들에게는 전혀 그렇지 못했다. 오듀본은 한가하게 숲 속

황금날개딱따구리Golden-winged Flicker

에서 시간을 보내며, 장밋빛 안개 속에서 자연의 아름다움을 바라보는 얌전한 몽상가로 알려져 왔다. 하지만 전혀 그런 사람이 아니었다. 오듀본은 야생의 삶이 지닌 어두운 측면을 너무나도 잘 알고 있었다. 그가 푸른울새만큼이나 매를 좋아했다는 것은 매우 의미심장하다.

호기심이 발동하면 매만큼이나 재빠르고 확고하고 무자비하게 새를 찾아다녔다. 오듀본은 혼자 있어도 충분히 행복할 수 있었지만, 한 번도 외롭게 지낸 적은 없었다. 언제나 길에서 친구를 사귀었다. 또한 새 중에서도 붙임성이 좋은 새들을 더 좋아했다. 그중 딱따구리를 제일 마음에 들어했다. 오듀본은 황금날개딱따구리의 '분주함과 명랑함'을 좋아했다.

가끔 랜킨 박사의 아이들이나 다른 아이들을 데리고 깊은 숲 속을 돌아다니기도 했다. 그 모습은 영락없이 아이들을 이끄는 '피리 부는 사나이'였다. 하지만 오듀본에게는 파이프나 플래절렛이 필요하지 않았다. 오듀본이 흉내 내는 새 울음소리와 새에 대한 이야기만으로도 충분했으니까.

어느 날 밤, 오듀본이 이웃 농장에 머무르고 있을 때였다. 사람들이 곰 사냥에 같이 가자며 오듀본을 깨웠다. 몇 킬로미터 떨어진 곳에서 곰들이 옥수수 밭을 망치고 있다는 것이었다. 감독이 나팔을 불었다. 사람들은 말에 안장을 얹고 개를 불러 모았다. 오듀본도 붙임성 좋은 바로를 타고 즉시 출발했다. 날은 덥고 안개가 자욱했다. 사람들을 추월하며 앞으로 나아갔다. 엄청난 수의 일행은 아무 소리도 없이 옥수수 밭의 빗장을 내리고 그 안에 들어가 간격을 두고 흩어졌다. 신호에 따라 한꺼번에 경적을 울렸다. 고함 소리를 내며 사람과 개들이 옥수수 밭 가운데로 전진하며 나무가 있는 곳으로 곰을 몰았다. 곰 몰이는 성공적이었다. 불을 피우자 순식간에 높이 활활 타올랐다. 불빛 속에서 새끼 곰 두 마리의 모습이 보였다. 어미 곰은 다른 나무 높은 곳에 안전하게 숨어 있었다. 도끼를 들고 온 흑인들이 있는 힘을 다해 나무의 몸통을 자르기 시작했다. 마침내 나무가 쓰러지고 개들이 달려들었다. 하지만 곰도 지지 않고 맞섰다. 개 한 마리가 한방에 나가떨어졌다. 곧이어 곰은 말 위에 올라타고 있던 흑인에게 달려들어 말에게도 일격을 가하고 이빨로 말의 가슴을 물어뜯었다. 그러나 눈 깜짝할 사이에 사람들이 도끼로 곰을 내리쳤다. 무시무시한 대학살이 이어졌다. 이내 커다란 나무에 숨어 있던 다른 곰들도 발견했다. 연기와 총, 칼로 곰 사냥을 했다.

봄에는 설탕 만드는 일을 도왔고 여름에는 바비큐 파티를 즐겼다. 바비큐 파티를 열 때면, 여기저기 흩어져 살고 있던 마을 사람들이 모두 한자리에 모였다. 옥수수빵과 고구마, 먹음직스러운 사슴 엉덩이 살을 불에 구웠다. 연기가 모락모락 피어오르면 사람들은 노래를 부르고 신나게 춤을 추며 놀았다.

1811년 이른 가을, 오듀본은 바로를 타고 물건을 사러 동쪽으로 향했다. 바로는 오랜 여행에도 끄떡없어 보였다. 야생 칠면조가 나타나면 천천히 달리며 칠면조를 쫓아가곤 했다. 바로는 메추라기 떼를 날아오르게 하고 황금빛 호박밭을 털기도 했다. 오듀본은 여행 중에 식량으로 필요한 만큼 충분히 사냥을 했다. 바로가 가을의 마지막 풀을 우적우적 씹는 동안 오듀본은 밤에 모닥불을 피웠다.

오듀본이 물웅덩이 너머 관목 숲을 지날 때면, 바로는 마치 악어처럼 능숙하게 코로 길을 살폈다. 오듀본은 고니들이 모여 있는 곳을 관찰했다. 솔송나무가 새하얀 고니의 날개로 뒤덮여 있는 모습도 보았다.

버지니아의 어느 마을을 지날 때였다. 그곳 지리를 잘 아는 나그네가 말을 걸어왔다.

"여기서 내추럴브리지까지 거리가 얼마나 되는지 내기합시다."

오듀본은 잠깐 생각했다. 그리고 귀를 기울였다. 숲 속에서 친숙한 소리가 희미하게 들려왔다.

"그럽시다."

나그네가 비웃었다.

“1달러 걸겠소.”

“좋아요.”

오듀본이 말했다.

“약 30미터 정도 됩니다.”

“그걸 어떻게 알았소? 예전에 이곳에 와본 것이 틀림없군요.”

나그네가 말했다.

“아뇨.”

오듀본이 말했다.

오듀본은 곤충을 잡기 위해 태양이 가득한 공중에서 재빠르게 움직이고 있는 올리브색 새 한 마리를 가리켰다.

“저 새가 다리에서 얼마나 떨어져 있는지 내게 알려준 놈입니다.”

그 새는 딱새였다. 오듀본은 동굴이 많은 바위에 딱새가 자주 나타난다는 사실을 퍼키오멘 강에서부터 이미 알고 있었다. 딱새는 항상 둥지 주위를 돌아다니며 북쪽으로 가장 먼저 오는 새이자 가장 늦게까지 남아 있는 새였다. 오듀본은 숲에서 들려오는 소리만으로도 그 거리를 정확하게 짐작할 수 있었다. 인디언처럼 말이다.

오듀본은 다시 팻랜드포드로 돌아왔다. 이곳에서 갑작스럽게 루시와 남매지간인 토머스와 동업을 하기로 했다. 상점 이름은 ‘오듀본&베이크웰 무역상’이었다. 오듀본은 이 사업에 많은 자금을 투자했다.

그리고 헨더슨의 가게에서 팔 새로운 물건도 구입했다. 오듀본은 한동안 새들을 스케치하며 팻랜드포드에서 한가롭게 지냈다.

늦은 11월, 오듀본은 서부로 향했다. 이제 오듀본의 외모는 많이 바뀌었다. 예전처럼 바로를 타고 길을 떠났지만 더 이상 사냥꾼 복장을 하지 않았다. 평범한 프랑스 뱃사람 복장을 하고 있었다. 귀에는 금귀고리를 하고, 여느 뱃사람보다 더 활기차고 거칠어 보였다. 코담배도 많이 피웠다.

오듀본이 주니아타 폭포 근처의 한 선술집에 앉아 있을 때, 낯선 사람 하나가 들어와서는 함께 앉아 아침을 먹어도 되냐고 물었다.

"그러시죠."

오듀본이 프랑스 억양으로 이야기하자 그 낯선 사람이 물었다.

"프랑스인입니까?"

"아뇨, 영국인입니다!"

"영국인이라고요? 정말이요?"

"네, 영국인입니다. 영국인 아내가 있으니까요."

계속 귀찮게 물어 대자 오듀본은 단호하게 말했다.

"모든 나라가 다 내 나라죠."

이 낯선 사람의 이름은 빈센트 놀테였다. 놀테는 오듀본이 평범한 뱃사람이 아니라는 것을 단박에 알아보았다. 두 사람은 금세 친구가 되었다. 둘은 켄터키까지 동행하기로 했다.

놀테는 프랑스에서 태어난 무역상이었다. 업무 때문에 세계 여러 곳을 오랫동안 돌아다녔는데, 미국도 여러 차례 다녀갔다. 놀테는 미국 황야의 매력에 푹 빠졌다. 몇 년 뒤 놀테는 오듀본에게 여러 모로 많은 도움을 주었다. 놀테에게는 말을 탄 하인이 하나 있었고, 말도 아주 잘생긴 놈이었다.

"좋은 말이군요."

바로를 흘끗 쳐다보며 놀테가 말했다.

놀테는 피츠버그에서 대형 평저선 두 척을 사서 자신이 구입한 물건을 실어 날랐다. 그리고 오듀본에게 강 하류를 함께 여행하자고 했다. 날은 추웠고 강은 꽁꽁 얼기 시작했다. 그래도 여행은 아주 즐거웠다. 둘은 기분 좋게 헤어졌다.

오듀본은 말을 타고 집을 향해 터벅터벅 걸어갔다. 서쪽에서 갑자기 어둠이 몰려왔다. 폭풍에 익숙해 있었기에 그리 대수롭지 않게 생각하고 근처 친구 집에 어서 도착하기를 바라며 조금씩 속도를 내기 시작했다. 그런데 멀리서 "우르르 쾅쾅" 하는 소리가 들렸다. 엄청난 토네이도 같았다. 오듀본은 무릎을 바로에 바짝 붙였다. 하지만 바로는 마치 미끄러운 얼음 위에 있는 것처럼 한 발 한 발 천천히 내딛었다. 곧 꼼짝 않고 서서 끙끙 소리를 내기 시작했다. 바로 그때, 낮은 나무들과 관목들이 움직이기 시작하더니 땅이 흔들렸다. 잠시 동안 땅이 들어 올려지다가 가라앉았다. 하늘은 이내 밝아졌다. 바로는 길을 따라 깡충깡충 뛰었다.

오듀본은 지진으로 헨더슨에 무슨 일이 일어나지는 않았는지 걱정이 됐다. 랜킨 박사의 집에 쏜살같이 달려가 보니 다행히 모두 안전했다. 오히려 뱃사람 복장을 한 남편을 보고 루시가 더 놀란 것 같았다.

그로부터 며칠 뒤 새벽, 또 한 번 엄청난 소리가 들려 식구들 모두 밖으로 뛰쳐나갔다. 바람을 맞은 옥수수처럼 땅이 흔들렸다. 새들은 불안하게 공중을 날아다녔다. 갑자기 랜킨 박사는 선반 위 구석 찬장에 정리해 둔 유리병과 악기가 생각나 급히 집으로 뛰어 들어갔다. 정신이 없어 자신이 애지중지하는 물건이 들어 있는 찬장 문을 닫을 생각도 못했다. 대신, 물건이 바닥으로 떨어지지 않게 뒤로 밀어 두었다. 결국 건진 것은 얼마 되지 않았다.

이것이 바로 1811년의 대지진이었다. 지진은 이듬해까지 서부에서 간헐적으로 지속되었다. 엄청난 충격으로 미시시피 강의 섬들이 가라앉았고 강이 소용돌이를 일으켜 많은 배들이 피해를 입었다.

이와 비슷한 시기 오하이오 강에는 기괴한 물체가 나타났다. 증기선이 처음으로 오하이오 강에 등장한 것이다. 강을 따라 늘어선 통나무집에 살며 은빛으로 잔잔하게 출렁이는 강물과 이따금 움직이는 카누에만 익숙해 있었던 사람들에게 시끄러운 소리를 내는 증기선은 또 다른 파괴의 불길한 느낌을 주었다. 증기선이 조용한 달빛을 받으며 루이스빌에 도착했을 때, 주민들은 두려움에 떨며 잠자리에서 일어나 거리로 뛰쳐나왔다. 지진 같은 큰일이 일어난 것은 아닌지 걱정이 앞섰다. 증기선이 움직이는 것을 본 사람들은 그 엄청난 속도에 겁을 집어먹었다. 시간당 8~9킬로미터의 속도였다.

증기선이 헨더슨에 오기도 전에 그 소식이 먼저 도착했다. 덕분에 아무런 예고 없이 증기선을 처음 본 사람들에 비해서는 두려움이 덜 했다. 주민들은 부두에 모여들었다. 오듀본도 그 틈에 있었다. 증기선이 증기를 내뿜으며 부두로 다가오자 오듀본은 강으로 첨벙 뛰어들어 배 아래를 통해 반대편으로 나왔다. 정말 스릴 넘치고 용감한 묘기였다! 군중은 숨을 죽였다. 증기선 바닥이 어떻게 생겼는지 누가 안단 말인가? 어쩌면 배가 오듀본을 깔아뭉갤지도 몰랐다.

첫 번째 증기선이 뉴올리언스에 모습을 드러낸 뒤 서부에서 허리케인이 휘몰아치며 다가왔다. 당시 오듀본은 일 때문에 자그마한 계곡을 지나고 있었다. 그때 하늘이 시커멓게 변했다. 순간 지진이 또 올지 모른다고 생각했다. 땅을 내려다보니 뭔가 살랑거리는 이상한 소리가 들렸다. 나무 사이로 둥글넓적한 누런 공터가 희뿌옇게 나타났다. 전에는 한 번도 본 적이 없는 광경이었다. 키 큰 나무의 꼭대기가 엄청나게 흔들리고 작은 나뭇가지들은 소용돌이치며 떨어져 내렸다. 갑자기 숲이 요란하게 움직이고 삐걱거리며 몸을 비틀었다. 오듀본이 서 있던 곳 바로 옆으로 어마어마한 나무들이 쓰러졌다. 마치 나이아가라 폭포 소리처럼 끔찍했다.

허리케인이 휩쓸고 지나가자 수백만 개의 나뭇가지들이 엄청난 소용돌이 속으로 빨려 들어갔다. 그 뒤, 수 시간 동안 나뭇가지들은 먼지 구름이 이는 공중을 둥실둥실 떠다녔다. 하늘은 초록색이었고 유황 냄새가 공기 중에 진동했다. 쓰러진 나무와 뒤얽힌 나뭇가지들 때문에 발을 옮기기조차 힘들었다.

오듀본은 천천히 길을 헤치며 앞으로 나갔다. 마침내 헨더슨에 도착했을 때는 옷이 누더기가 되어 있었다. 마을은 평온했다. 다행히 허리케인이 마을을 비켜 간 것이었다. 오듀본이 지났던 계곡은 수년 동안 사람이 들어갈 수 없는 황무지로 남았다. 계곡에는 늑대, 곰, 퓨마가 자주 출몰했다. 부끄러움을 많이 타는 새들도 차츰 그곳에 둥지를 틀기 시작했다.

수많은 발자국과 아늑한 오두막집

헨더슨의 넓은 거리 한쪽으로 잘 지은 오듀본의 통나무집이 서 있었다. 그 집에는 헛간, 훈제실*, 넓은 정원이 딸려 있었다. 덧문이 깔끔하게 달려 있고 안은 아늑했다. 바이올린, 플루트, 기타, 플래절렛, 피아노가 응접실에 놓여 있었다. 산뜻한 탁자와 값비싼 의자도 있었다. 훌륭한 카펫과 융단, 멋진 벽난로의 장작 받침, 커다란 거울과 은 촛대·은 찻잔 등 여러 가지 은제품들도 있었다. 찬장에는 도자기와 책

: **훈제실** 소금에 절인 고기 따위를 연기에 그을려 말리는 곳.

이 꽤 많았다. 나무 막대에 고정된 새들 몇 마리가 벽난로 위, 창문과 문 위에 놓여 있었다. 벽에는 새 그림들이 나란히 붙어 있었고 커다란 탁자 위에는 나침반, 물감, 연필, 크레용, 자, 현미경 등이 놓여 있었다. 현관 위 짐승 뿔에는 총이 걸려 있고, 선반에는 칼, 권총, 파이프가 놓여 있었다. 정원에는 해바라기가 춤을 추고 집에서 기르는 새들은 물론 멧비둘기, 어치, 흉내지빠귀 등이 곡식을 먹고 있었다. 봄에는 헛간 옆 연못에서 새끼 거위가 한가로이 노닐었다.

오듀본은 땅을 사고파는 데 운이 잘 따라 많은 돈을 벌었다. 사람들이 끊임없이 서부로 와서 집을 구했기 때문에 땅값이 천정부지로 치솟았다. 가게도 장사가 잘되었다. 이즈음 오듀본은 한결같이 사냥, 낚시, 장사를 했다. 가게에서 일하며 책을 읽었다. 말을 타고 산책하며 새를 박제로 만들고 쉼 없이 그림을 그렸다.

가끔 희귀한 새를 쏘았는데 새가 물풀 속에 떨어지는 바람에 도저히 다가가지 못할 때도 있었고, 집에서 너무 멀리 떨어진 곳에서 새를 발견하는 바람에 집에 도착할 즈음에는 윤기 흐르던 깃털 색이 빛을 잃기도 했다.

이즈음 오듀본은 자신이 골라 놓은 새의 수컷과 암컷 그리고 새끼들까지 하나의 화폭에 담으려는 계획을 세워 놓았다. 하지만 쉬운 일이 아니었다. 그림을 완성하기 위해서 몇 달 혹은 다음 해가 될 때까지 새를 기다려야 했다.

오듀본은 일을 보러 생뜨즈느비에브에 가는 길에 분을 다시 만났다. 아직까지 백인들에게 잘 알려지지 않은 서부에 대한 재미있는 이야기들을 분으로부터 들을 수 있었다. 돌아오는 길에는 오세이지족 친구들을 만나 잠시 동안 함께 지냈다. 거기서 오세이지족의 언어를 조금 배웠다. 오듀본은 순무와 야생 포도, 온갖 풀을 활용하는 인디언들의 생활 방식을 공책에 적어 두었다.

오듀본은 약 3~4년 동안 이렇게 넉넉한 생활을 했다. 그때까지만 해도 운이 따라 주었다. 하지만 뉴올리언스의 '오듀본&베이크웰 무역상'은 쫄딱 망해 버렸다. '1812년 전쟁'* 때문에 투자한 돈을 몽땅 잃은 것이다. 토머스 베이크웰은 헨더슨으로 돌아왔다. 두 사람은 궁리 끝에 방앗간과 제재소를 짓기로 했다.

오하이오 강 붉은 진흙 강둑 위에 공장을 세우고 값비싼 기계들을 들여놓았다. 오듀본은 전 재산을 투자했다. 그런데 불행히도 기계를 돌릴 일이 별로 없었다.

⋮1812년 전쟁 나폴레옹 전쟁 도중 영국의 가혹한 해상 봉쇄에 대한 미국의 불만이 원인이 되어 미국과 영국 사이에 벌어진 전쟁.

“이곳은 우리 사업을 하기에 적합하지 않아요. 차라리 달나라에 가서 사는 게 낫겠어요.”

오듀본은 랜킨 박사에게 하소연했다.

“시기가 좋지 않은 것뿐일세.”

박사는 오듀본을 위로해 주려 했다.

“우리 잘못이에요. 좀 더 심사숙고해야 했어요.”

기계가 골칫거리였다. 기계를 수리할 동안에는 아무 일도 할 수 없었다. 곧 공장 벽에도 새 그림들이 길게 늘어서기 시작했다. 오듀본은 쏙독새 그림에 흠뻑 빠져 있었다. 쏙독새의 재빠른 움직임이 오듀본을 즐겁게 해주었던 것이다.

어느 가을날 저녁, 랜킨 박사가 찾아와 오듀본과 이야기를 나누려 밖으로 나갔다. 갑자기 오듀본은 강 위로 동남쪽을 향해 날갯짓하고 있던 작은 새 무리를 가리켰다.

“저 새들은 뭐죠?”

오듀본은 랜킨 박사의 대답은 듣지도 않은 채 말을 타고 달려갔다. 아무도 오듀본이 어디로 갔는지 몰랐다. 사람들 이야기에 따르면, 오듀본은 켄터키, 테네시, 북캘리포니아의 산악지대까지 새들을 쫓아가 두 마리를 작은 전리품으로 가지고 왔다고 했다.

이와 비슷한 이야기들은 수없이 많다. 새로운 딱따구리를 쫓아 남쪽으로 몇 킬로미터나 걸어갔다는 이야기도 전해진다.

오듀본은 공장에 완전히 진저리가 났다. 결국 엄청난 빚더미를 떠안게 되었다. 이즈음 루시는 아버지로부터 아버지 땅에 대한 몫을 받았다.

오듀본은 루시의 돈과 자신의 남은 돈을 싹싹 긁어 증기선 만드는 데 투자하기로 했다. 배를 다 만들고 나서, 이익을 남기고 배를 팔았다. 하지만 배를 산 사람이 지불한 것은 쓸모없게 된 어음이었다. 이 사실을 알았을 때는 배가 이미 미시시피 강 하류로 가버린 뒤였다. 오듀본은 황급히 작은 배를 얻어서 노 젓는 흑인 두 명과 함께 그 사람을 찾아 나섰다. 뉴올리언스까지는 먼 거리였다. 그러나 도착했을 때 이미 빚쟁이들이 증기선을 빼앗아 간 뒤였다.

헨더슨으로 돌아와 보니, 자신의 배를 샀던 그 파렴치한 놈이 와 있었다. 오듀본은 뉴올리언스에서 헛수고를 한 것이 너무 화가 났다. 오듀본은 최근에 공장에서 일하다 오른손을 다친 상태였다. 그런데 적반하장도 유분수지! 그자가 곤봉으로 오듀본을 내리쳤다. 오듀본은 단검으로 그를 찔렀다.

오듀본은 시간도 잃고 돈도 잃었다. 어쩔 수 없이 헨더슨 서쪽에 있는 정부 소유의 땅을 사서 빚을 갚으려고 했다. 그곳에서 나무를 베어

쏙독새Nighthawk

팔면 돈을 벌 수 있으리라 생각했다. 그런데 어느 날, 그동안 열심히 나무를 하던 인부들이 나타나지 않았다. 인부들이 목재를 배에 싣고 도망가 버린 것이다! 이번에는 뒤쫓아 갈 여력도 없었다. 오듀본은 어쩔 수 없이 아끼던 말 바로까지 팔아야 하는 지경에 이르렀다.

근심에 싸인 어느 날 오후, 허리가 굽은 작은 남자 하나가 배에서 내렸다. 남자는 얼룩덜룩한 긴 코트에 턱까지 채운 조끼, 발목까지 버튼을 채운 바지를 입고 있었다. 검정 머리카락은 곧고 부드러웠으며 턱수염은 덥수룩했다. 어깨에는 마른 클로버 한 보따리를 이고 있었다. 남자는 헐레벌떡 공장으로 걸어와 오듀본의 집이 어디냐고 물었다.

그는 박물학자 라피네스크˙로, 다른 많은 이들처럼 과학에 흥미를 갖고 서부로 온 사람이었다. 그는 소개장을 가지고 왔는데, 소개장에는 "당신에게 진귀한 물고기 한 마리를 보냅니다"라고 쓰여 있었다.

오듀본이 그 진귀한 물고기를 보여 달라고 하자, 그가 웃으며 대답했다.

"음, 제 생각에는 제가 그 진귀한 '물고기'˙인 듯합니다. 오듀본 씨."

˙ **새뮤얼 라피네스크**Samuel Constantine Rafinesque(1783~1840)　터키 태생의 박물학자이자 여행가, 작가. 식물학·어류학 분야에 중요한 업적을 남겼다. 유럽과 미국 곳곳을 여행하며 다양한 표본을 채집하고 유명 과학자들을 만났다. 여러 대학과 연구소에서 강의를 하였으며, 자연사·금융업·경제학·성서 및 그 밖의 여러 분야에 대해 950편 이상의 글을 썼다.

˙ 물고기를 뜻하는 'fish'라는 단어에는 '어딘지 약간 비정상적인 사람'이라는 뜻도 있다.

오듀본은 정중하게 그 사람을 집에 머물도록 했다. 박물학자와 한 지붕 아래서 지낸다는 게 정말 기뻤다. 그런데 그 생각은 하룻밤 만에 바뀌었다.

그날 밤 라피네스크가 묶고 있던 방에서 요란한 굉음이 들려왔다. 오듀본이 서둘러 달려가 보니 라피네스크가 아이처럼 발가벗은 채 방 안을 이리저리 뛰어다니고 있는 게 아닌가. 손에는 오듀본이 아끼는 바이올린을 들고 벽을 향해 휘두르며, 곤충을 쫓아 방으로 들어온 박쥐들을 죽이려 하고 있었다. 라피네스크는 계속 깡충깡충 뛰며 바이올린을 휘둘러 댔다. 하지만 제대로 맞추지 못하자, 오듀본에게 자신을 위해 표본을 손에 넣게 해달라고 부탁했다.

"처음 보는 종류예요."

라피네스크가 숨을 헐떡이며 소리쳤다.

오듀본은 바이올린 활로 박쥐 몇 마리를 가볍게 툭 쳤다. 그리고 '전쟁'은 끝났다고 했다. 마른 풀들이 방안 이곳저곳에 흩어져 엉망진창이 되어 있었다.

"신경 쓰지 마세요, 신경 쓰지 말아요, 오듀본 씨. 내게는 박쥐가 있으니까요!"

라피네스크가 말했다.

잠시 후, 오듀본은 라피네스크에게 자신의 그림을 몇 점 보여 주었다. 라피네스크는 그런 식물이 자연에 존재하지 않는다고 했다. 다시 '전쟁'이 시작되었다. 오듀본은 그 식물이 지천에 깔렸다고 대꾸했다. 라피네스크는 오하이오 강가로 서둘러 달려가 그 식물을 직접 보고 나서야 껑충껑충 춤을 추었다. 표본을 수집하며 그 식물이 학계에 알려지지 않은 게 분명하다고 했다.

"진귀한 식물이야!"

라피네스크는 크게 감탄했다.

그러나 자연의 신비만으로는 라피네스크에게 충분하지 않았다. 그는 언제나 일상생활이나 고대 역사가 주는 것보다 훨씬 더 경탄할 만한 사물과 사건들을 생각했다. 그는 나중에 켄터키에 관한 책을 한 권 썼다. 그 책에는 기발한 상상력과 과학적 사실이 기묘하게 뒤섞여 있었다.

라피네스크는 숲에 가면 더할 수 없는 기쁨이 될 거라고 했다. 그래서 두 사람은 강을 건너 숲으로 향했다. 그리고 몇 킬로미터를 힘겹게 걸어간 뒤 멋진 숲에 도착했다. 나무줄기가 빽빽했다. 그곳은 곰과 퓨마가 자주 나타나는 곳이었다. 쐐기풀과 기다란 잎이 두 사람의 얼굴을 마구 찔렀다.

갑자기 요란한 소리가 들려왔다. 흑곰 한 마리가 50미터도 떨어지지 않은 덤불에서 쏜살같이 달려 나왔다. 곰이 공기 중의 냄새를 맡은 것이다. 라피네스크는 겁에 질려 덤불 속에 숨었다. 잠시 후 곰이 사라지고 오듀본이 라피네스크를 끌어내자 이번에는 머리 위에서 천둥소리가 들려왔다. 엄청난 폭풍이 다가오고 있었다. 둘은 엎드려 무릎으로 기었다. 라피네스크는 숨을 헐떡거렸다. 나뭇잎과 나무껍질이 옷에 떨어지고 가시나무에 찔리기도 했다.

"기운 내요! 조금만 참아요!"

오듀본이 외쳤다.

폭풍이 완전히 사라진 뒤에서야 두 사람은 헨더슨으로 향하는 배를 탔다. 라피네스크는 3주 동안 오듀본 가족과 함께 지냈다.

오듀본의 시름은 여전했다. 헨더슨에 공황이 닥쳐 오듀본의 사업은 모두 망했다. 루시는 랜킨 박사의 집에서 가정교사 일을 해야 했다. 공장은 채권자들 손에 들어갔고 오듀본은 가지고 있던 것을 모두 내다 팔아야 했다. 집과 가구, 루시가 아끼던 은제품과 도자기, 그림물감, 연필, 크레용, 나침반, 현미경 등 루시가 상속받은 전 재산까지 몽땅 사라졌다. 오듀본에게 남은 것이라고는 입고 있던 옷, 스케치, 총뿐이었다.

그뿐이 아니었다. 오듀본은 빚 때문에 체포되어 루이스빌 감옥에 갇히는 신세가 되고 말았다. 파산선고를 받고 나서야 석방될 수 있었다. 오듀본은 시핑포트에 있는 니콜라스 버사우드에게 갔다. 랜킨 박사는 루시와 아이들을 자신의 마차에 태워 그곳으로 보내 주었다.

"내게는 재능이 있어. 내게는 관찰력이 있어!"

의기소침한 중에서도 오듀본은 스스로에게 다짐을 했다.

오듀본은 즉각 싼 가격에 초상화를 그리기 시작했다. 공장에서 다친 오른손은 아직 아물지 않아서 왼손을 쓰기로 했다. 얼마 뒤에는 양손을 같이 사용할 수 있게 되었다. 그 모습은 초상화를 위해 오듀본 앞에 앉아 있던 사람들에게 재미난 광경이었다. 이것이 사람들의 눈길을 사로잡아 오듀본은 돈을 꽤 벌었다.

짧은 시간이었지만 시펑포트는 오듀본 가족들에게 포근한 안식처가 되었다. 루이스빌의 수많은 프랑스 이민자들이 그곳에 모여 살았다. 조그만 강가 마을은 프랑스와 무척 닮아 있었다. 마을에서는 춤과 음악이 어우러진 파티가 자주 열렸다. 오듀본은 플루트나 바이올린을 연주하며 오래전 프랑스에서 배웠던 스텝을 젊은이들에게 가르쳐 주었다. 그 무렵, 선장이 죽었다는 소식이 들렸다. 오듀본은 아무런 유산도 상속받지 못했다.

낙심한 오듀본은 루이스빌에서 조그맣게 그림 교실을 열려고 했지만 이마저도 잘되지 않았다. 초상화 작가로서의 유명세도 곧 사라졌다. 그림이라는 사치를 원하는 사람의 숫자가 워낙 적었기 때문이다. 생계를 유지하기 어렵게 되자 오듀본은 가족과 함께 신시내티로 이사

했다. 그곳에서 아주 잠시 동안, 새로 생긴 웨스턴 박물관에서 새와 물고기 박제하는 일을 했다. 그러면서 초상화도 그리고 다시 미술 교실을 열려고 했다.

신시내티에서의 생활도 힘들었지만 루시는 불평하지 않았다. 그녀는 오듀본이 중요한 결정을 내릴 때마다 큰 도움을 주었다. 헨더슨에 있을 때 태어난 어린 딸은 그곳에서 숨을 거두었다. 시핑포트에서 태어난 둘째 딸 로사도 이곳 신시내티에서 숨을 거두었다. 루시는 당시 여덟 살, 열 살이던 두 아들의 장래가 점점 걱정되기 시작했다.

이즈음, 오듀본의 포트폴리오는 그림과 스케치로 가득했다. 족히 몇백 점은 되었다. 오듀본은 이 나라의 모든 새를 그려 책으로 내고 싶다는 생각을 했다. 하지만 아직까지 아무에게도 알려지지 않은 새를 찾고 싶었다. 오하이오 강과 미시시피 강을 따라 하류로 내려가 루이지애나를 탐험하고 플로리다까지 가보고 싶었다. 신기하게도 미국에 있는 모든 새를 다 그려 책으로 내겠다는 원대한 꿈은 이렇게 가장 힘든 시기에 태어났다.

오듀본은 이제 서른다섯 살이 넘었다. 그러나 모아 둔 돈이 없었다.

돈이 없더라도 내 재능이 든든한 버팀목이 될 것이다. 그리고 내 열정은 역경을 헤쳐 나가게 하는 길잡이가 될 것이다.

 세상의 모든 새를 그리다, 존 오듀본 이야기

오듀본은 새로운 일기장의 첫 페이지에 이렇게 힘주어 썼다. 두 아
들이 언젠가는 그 일기장을 읽게 되리라 생각하며 일기를 써나갔다.

뉴올리언스에서의 고달픈 나날들

오듀본은 오하이오 강과 미시시피 강을 거슬러 내려가는 배를 얻어 탔다. 배 안에는 가는 길에 있는 마을에서 팔 여러 가지 물건이 가득 실려 있었다. 공짜로 배를 탄 대가로, 오듀본은 일행에게 사냥감을 제공해 주기로 했다. 일행은 열 명이었다. 그중 한 명은 메이슨이라는 열세 살 소년으로, 신시내티에서 오듀본이 가르치던 학생이었다. 메이슨은 그림에 소질이 조금 있고 사냥도 제법 잘했다. 오듀본도 이런 메이슨을 꽤 좋아했다.

새뮤얼 커밍스 선장은 항해자들이 쓸, 오하이오 강과 미시시피 강 지도를 완성하기 위해 항해를 하고 있었다. 속도가 느린 너벅선은 항해 중에 수심을 잴 수 있기에 지도를 완성하는 데에는 안성맞춤이었다. 선장은 차분하고 신중하게 자신의 일에 몰두했다. 그는 나중에 《서부의 수로 안내인》* 이라는 책을 발간하기도 했다.

선원 하나는 쾌활한 아일랜드 사람이었다. 그는 언제나 농담을 즐겼다. 다른 선원은 아주 게을러서 밤에 캠프파이어를 하다 자기 옷을 태우기도 하고, 노 젓는 것을 게을리해 가끔씩 배가 기울어질 때도 있었다. 배 주인 오마크 씨는 정확한 사람이어서 오듀본이 뱃삯을 내지 않은 사실을 가끔 일깨워 주었다.

어린 소년 메이슨과 함께 있을 때를 제외하고 오듀본은 거의 혼자였다. 일행은 음식도 따로 먹었는데, 자그마한 스토브나 강변의 모닥불에서 각자 음식을 요리해 먹었다.

이런 썰렁한 분위기 속에서도 여행은 순조로웠다. 오듀본은 한참 전에 사기당한 증기선을 찾으러 뉴올리언스에 갔던 적이 있었다. 그때는 경황이 없어 주위를 관찰하지 못했는데, 이제 조금씩 주변을 둘러볼 여유가 생겼다.

: **《서부의 수로 안내인》**　　이 책은 오하이오 강과 미시시피 강 여행에 관한 최초의 믿을 만한 안내서였다. 책에는 강가 마을이 전부 묘사되어 있고, 섬과 어구, 가장 깊은 수로를 따라가는 정확한 항로 등이 표시되어 있다.

오듀본은 들뜬 기분으로 메이슨과 함께 배에서 내려 사냥도 하고 새들도 관찰했다. 둘은 몇 킬로미터씩 걸어간 뒤, 강을 따라 천천히 내려오는 배에 쉽게 올라탈 수 있었다. 배가 강가 마을에 정박해 물건을 팔기 위한 판매대를 설치하고 있을 때면 오듀본과 메이슨은 멀리까지 돌아다니곤 했다.

오듀본은 물새가 날아가는 모습을 가까이에서 관찰하며 노트에 기록했다. 때로는 가을 숲에서, 때로는 사람들의 잡담으로 혼란스러운 배 안의 나지막하고 비좁은 공간에서 끊임없이 새를 스케치하고 채색했다. 낡은 배는 때때로 모래톱에 걸려 멈추기도 했지만 다행히 가라앉지는 않았다. 배가 미시시피 강의 황토 빛 물가에 도착했다.

이제 날씨는 조금씩 추워졌다. 모래톱 위에서 '엄청난 바람이 불어대는 밤'을 보냈다. 오듀본은 더디게 흘러가는 시간 내내 플루트를 연주했다. 물살은 빠르고 나무는 강물 위로 둥둥 떠다녔다. 수많은 배들의 잔해를 지나쳐 갔다. 오듀본은 배가 멎을 때가 오히려 좋았다. 배에서 내릴 수 없을 때에도 스케치는 할 수 있었다. 배는 아주 잠깐씩 강가에 상륙하곤 했는데, 그럴 때면 메이슨과 함께 버드나무 사이를 기어오르며 둥지와 새 그리고 온갖 종류의 사냥감을 찾았다. 바야흐로 새들의 대규모 이동이 시작되었다. 물새들은 날씨가 추워지자 강 아래쪽으로 날아가기 시작했다.

배가 하루에 25킬로미터밖에 못갈 때도 있었다. 여행은 자꾸 지체되었다. 그럴 때면 오듀본과 메이슨은 새를 관찰하거나 섬을 탐험했다. 가끔은 새벽부터 저녁까지 30~50킬로미터를 걸어 다니기도 했다.

폭풍이 한 차례 휩쓸고 간 뒤, 커다란 행운을 얻기도 했다. 누군가가 흰머리독수리를 산 채로 잡아 배로 가져와, 그 새를 그릴 수 있게 된 것이다. 더 큰 행운도 있었다. 어느 날, 배 주인 오마크 씨가 발이 커다란 매를 잡은 것이다. 오듀본은 이 매를 전에도 관찰한 적이 있었지만 만족스럽지 못했다. 그래서 다시 한 번 시도해 보기로 했다. 주위에서 증기선들이 경적을 울려 댔다. 강가에는 사탕수수, 목화, 옥수수, 아마포를 가득 실은 배들이 여러 척 있었다. 이렇게 시끄러운 소란 속에서도 오듀본은 아무런 방해도 받지 않고 매를 관찰하고 연구했다.

나체즈에 도착한 오듀본은 아침 일찍 밖으로 나갔다. 뱃사람들이 고약한 냄새를 풍기는 선술집의 낮은 문간을 드나들었다. 술집 안에서 동전 소리, 싸우는 소리가 들렸다. 여인들이 창문 밖으로 머리를 내밀고 있었다.

거리는 잘 다듬어지고 널찍했다. 상점은 깔끔했고 길 가장자리에는 멀구슬나무가 서 있었다. 오듀본은 빠른 평저선을 타고 강을 내려온

흰머리독수리Bald Eagle

니콜라스 버사우드를 만났다.

"아내와 아이들한테서 편지가 왔어요!"

버사우드가 외쳤다.

오듀본은 두 달 동안 가족들과 소식을 주고받지 못해서 편지가 너무나 반가웠다.

가시덤불과 늪지대를 돌아다녔기에 신발은 이미 넝마가 되어 있었다. 거리를 이리저리 돌아다니다 구두 수선공을 발견했다. 하지만 돈이 있을 리 없었다. 오듀본은 그 구두 수선공에게 초상화를 그려줄 테니 그 대가로 새 부츠를 하나 달라고 어렵사리 말을 건넸다. 구두 수선공의 부인이 한쪽 구석에서 무슨 일인가 힐끔거렸다.

"아름다운 부인의 초상화도 그려 드리지요. 초상화 두 장 그리고 신발 두 켤레!"

오듀본과 메이슨은 새 신발을 신고 그곳을 나왔다. 신발뿐 아니라 돈도 약간 벌었다. 그림 두 장을 그려 주고 각각 5달러씩 받아 그 돈으로 허기진 배를 허겁지겁 채웠다. 또 다른 곳에서도 한 장에 5달러를 받고 두 장 넘게 그림을 그려 주었다.

오듀본은 메이슨과 함께 배에서 지냈다. 배는 매우 풍족했다. 그때쯤, 누군가가 윌슨의 《조류학》 최신판을 보여 주었다. 오듀본에게는 엄청난 행운이었다. 오듀본은 그 책을 열심히 읽었다.

나체즈에서 허둥지둥 배에 올라타느라 자신의 포트폴리오 중 하나를 배에 옮겨 싣지 못했다. 그 안에는 최근 여행 중에 그렸던 작품들과 그림을 보호하기 위한 은종이는 물론 오듀본이 매우 소중하게 여기던 루시의 초상화도 들어 있었다. 뒤늦게 잃어버린 것을 알았지만 달리 방법이 없었다. 오듀본은 자신의 부주의를 자책하며 의기소침해 있었다.

일주일이 지난 1월 초, 고기잡이까마귀 떼가 머리 위를 스치고 지나갔다. 드디어 뉴올리언스에 도착한 것이다.

　제방에는 넓은 계단이 있었다. 계단을 지나니 광장이 나타났다. 강둑을 따라 장이 섰는데, 사람들은 땅바닥에 부채꼴 모양 야자나무 잎을 깔고, 그 위에 상자를 수북이 쌓아 둔 채 장사를 하고 있었다. 각지에서 온 사람들이 모두 다 모여 있는 것 같았다. 흑인, 물라토*, 귀에 금귀고리를 한 에스파냐인들이 분주하게 물건을 거래했다. 미국인들은 주석 세공품, 시계, 면제품을 팔고, 인디언들은 사냥감이나 직접 짠 바구니를 팔았다. 크리올*은 말이 빨랐다. 프랑스 덫 사냥꾼들은 새, 각종 사냥감, 곰 기름, 버펄로 고기 등을 팔았다. 자줏빛되새, 상아부리딱따구리, 푸른울새, 붉은날개지빠귀, 쌀먹이새 등도 식용으로 팔리고 있었다.

　강 위로 세인트루이스 대성당이 보였고, 기다랗고 널찍한 건물들이 광장 양쪽에 가득 들어차 있었다. 말 한 필이 끄는 마차가 지나가고 짐차도 덜커덩 소리를 내며 지나갔다. 키 큰 켄터키 사람들 여섯 명이 성큼성큼 걸어갔다. 구석의 소년 하나는 사냥용 올가미를 들고 있었

: **물라토**　백인과 흑인 사이에 난 1대 혼혈아.
: **크리올**　루이지애나 주 태생의 프랑스계 미국인.

고기잡이까마귀Fish Crow

자줏빛되새Purple Finch

는데, 그 안에는 살아 있는 왜가리 한 마리, 흉내지빠귀 몇 마리, 홍관조 한 마리, 목덜미가 하얀 작은 참새들이 들어 있었다. 겁먹은 새들은 놀라서 날개를 퍼덕였다. 오듀본은 새의 가격을 물었다. 하지만 가진 돈은 턱없이 모자랐다. 오듀본에게는 달랑 10달러밖에 없었다. 그러나 그 돈마저도 곧 소매치기를 당하고 말았다.

시장 구석 목탄 버너에 올려놓은 스튜에서 김이 솔솔 피어올랐다. 음식 냄새가 진동을 했다. 입안에서 군침이 돌았지만 어금니를 깨물고 돌아설 수밖에 없었다.

오듀본은 메이슨과 함께 다시 배로 돌아가 총을 꺼내 들었다. 그러고는 도시에서 멀리 떨어진 제방 아래로 발걸음을 옮겼다. 둘은 쇠오리를 사냥했다. 그것으로 끼니를 때우고, 며칠 동안 충분히 먹을 만큼 사냥을 했다. 일자리를 구할 때까지는 배 안에서 지내기로 했다.

마침내 극장의 무대 배경 화가 일자리 제의가 들어왔지만 오듀본은 이를 거절했다. 그런 일에 관심도 없었을 뿐만 아니라, 그런 일을 하게 되면 새 그림과 교사로서의 미래에 해가 될 것이라고 생각했다. 초상화를 그려 달라는 손님이 하나 있었지만, 그 돈으로는 간에 기별도 가지 않았다. 오듀본은 너무나 괴로웠다.

그나마 가지고 있던 돈이 다 떨어져 갈 즈음, 파마라는 프랑스 상인을 만났다. 그는 세 딸의 초상화를 그리고 싶어 했는데 가격이 너무 비싸다며 오듀본과 흥정을 하려 했다. 그러나 오듀본은 값을 깎아 주면 고객을 잃게 될지도 모른다는 생각에, 오히려 가격을 더 올렸다. 그러자 이 상인은 오듀본의 그림 솜씨를 보기 위해 방 안에서 놀고 있던 어린 소녀를 한번 스케치해 보라고 했다. 연필은 이미 깎아 놓았기에, 오듀본은 나무상자에 앉아 곧장 작업에 들어가 금세 스케치를 끝마쳤다. 그림은 실물을 쏙 빼닮았다. 오듀본은 상인에게 소녀 세 명의 초상화를 그려 주는 대가로 100달러를 달라고 했다.

"어떻게 내가 100달러를 생각해 냈을까. 내 사랑하는 아내와 아이들! 돈을 받으면 아내에게 보내야지."

파마 가족과는 좋은 친구가 되어 많은 시간을 함께 보냈다.

얼마 뒤 오듀본과 메이슨은 낡은 수도원 근처 방으로 숙소를 옮길 수 있었다. 딸들의 초상화가 완성될 즈음, 오듀본은 다시 돈이 뚝 떨어졌다. 그러나 불행 중 다행으로 몇몇 사람들이 찾아와 초상화를 그려 달라고 했다. 아마 파마의 영향력 때문인 것 같았다. 조금 바쁜 나날이 이어졌다. 일주일 만에 220달러를 벌었다. 오듀본은 파마에게 돈을 받자마자 루시에게 보냈다. 그리고 멋진 접시가 담긴 상자도 하나 보냈다. 헨더슨에서 가구들을 모두 잃은 것이 오랫동안 마음에 사무쳤던 것이다.

오듀본은 잠시 휴식을 취했다. 그리고 갈색펠리컨을 그리는 일에 매달렸다. 그 일은 힘들었지만 아주 매력적이었다. 하루는 한 사냥꾼이 커다란 백로를 가져다주었다. 그리기가 어려워 거의 한달 내내, 초상화 그리는 틈틈이 백로에 매달렸다. 하지만 여전히 마음에 들지 않았다.

새로운 새들, 새로운 새들! 새로운 새를 그려야 한다! 미국의 모든

새를 그려야 한다! 오듀본은 덫 사냥꾼 몇 명을 고용해 처음 보는 새를 보면 무조건 가져다 달라고 부탁했다. 당연히 돈이 많이 들었다.

낮에는 초상화를 그리고 밤에는 새와 씨름하는 고된 생활이 이어졌다. 다행히 몇 주 뒤, 루시에게 새로 완성한 그림 20점을 자랑스럽게 보냈다. 그리고 전에 잃어버렸던 포트폴리오를 되찾았다. 새 그림 한 점만 없어졌을 뿐, 아끼던 루시 초상화는 그대로 있었다.

어느새 따뜻한 바람이 불어왔다. 강을 따라 와일드라이스°가 얇은

검은가슴물떼새Golden Plover

깃털 모양의 자두나무와 함께 밝은 녹색으로 변하고 있었다. 검정 물 푸레나무에도 잎이 피어났다. 독수리가 태양을 향해 날갯짓을 하고 남쪽에서 검은가슴물떼새 한 무리가 갑자기 날아왔다. 수십만 마리의 새들이 강둑에 내려앉았다. 태어나서 처음 보는 장관이었다.

루이지애나의 기다란 연안, 굽이치는 미시시피와 삼각주, 사이프러스와 미국 니사나무 늪지대 그리고 떡갈나무가 우거진 섬들은 수많은 물새들의 서식지이면서 열대에서 멕시코 만을 거쳐 북쪽으로 장거리 이동을 하는 철새들이 잠시 휴식을 취하는 장소이기도 했다. 이곳은 습하고 땅이 비옥했기에 부드러운 나뭇잎, 나무 열매, 씨앗 등이 풍부했고, 이로 인해 장거리 여행을 위한 먹잇감도 넉넉했다.

오듀본은 강을 따라 멀리까지 갔다. 엄청나게 많은 오리들이 늪지대에 있었다. 흰죽지오리, 들오리, 청둥오리들의 팽팽한 날개와 널따랗게 편 꼬리……. 오리들이 세차게 날아오르는 모습을 그릴 수만 있다면!

버드나무 덤불 속에서, 백로 한 무리를 발견했다. '강물의 숙녀'라 불리는 삼색왜가리였다. 삼색왜가리는 나뭇잎 사이에 서 있었다. 호리호리하고 눈같이 흰 한 마리가 골풀 속에 서 있었다. 작은 삼색왜가리

⋮ **와일드라이스**wild rice　북아메리카 북부 습지의 얕은 물이나 개울가와 호숫가를 따라 자라는 1년생 식물로 인디언이 오랫동안 중요한 식량으로 삼았다. 키가 1~3m 정도이고 끝에 활짝 피는 큰 꽃이 무리지어 달린다.

한 쌍이 강 위로 날아올랐다. 오듀본은 진흙과 강물 한가운데에서 재빨리 연필로 스케치했다. 그러고는 새로운 것을 찾아 더 멀리 떠났다.

저녁이 되어 강이 굽이치는 곳으로 돌아왔다. 문득 낡은 배 한 척이 골풀 속에서 나타났다. 머리 위 높은 곳에서는 솔개 한 마리가 선회했다. 오듀본은 무슨 일인가 살펴보러 배 한쪽 구석으로 훌쩍 뛰어내렸다. 부서진 객실 꼭대기에서 캐롤라이나굴뚝새의 화 난 듯한 작은 울음소리가 들렸다. 굴뚝새는 처음에는 오듀본을 피했다. 그러더니 곧 거미 같은 곤충들을 쪼아 먹으며 점차 오듀본과 친해졌다. 굴뚝새는 작은 구멍 속을 자세히 눈여겨보더니, 그 속으로 잽싸게 들어가 다시 엿보고 나무 아래로 기어들어갔다가 다시 나왔다.

켄터키에서 이미 이런 굴뚝새를 본 적이 있었다. 굴뚝새도 제대로 그리지 못하는데 어떻게 새로 발견하는 새들의 표정을 그리기를 바랄까? 청둥오리와 고방오리를 어떻게 제대로 그릴 수 있단 말인가! 오듀본은 점원으로 일하며 뉴욕에 있을 때부터 그 새를 그리려고 노력했었다. 하지만 만족할 만한 작품을 그릴 수가 없었다. 어쩔 수 없이 캐롤라이나굴뚝새 스케치를 포기했다. 아직 자신만의 표현 기법을 터득하지 못했던 것이다. 해가 지자 새들은 사라졌다. 하지만 오듀본은 잠들 수가 없었다.

다음날 아침, 다시 밖으로 나갔다. 염습지*를 향해 희미하게 나 있

삼색왜가리 Tricolored Heron

캐롤라이나굴뚝새Carolina Wren

는 흔적을 따라갔다. 제비갈매기들이 떼를 이뤄 날아올랐다가 다시 하얀 폭포를 이루며 자그마한 은빛 물결 위로 내려앉았다. 회색 갈매기도 그중에 섞여 있었다. 사람 웃음소리 같은 갈매기 소리가 들렸다. 도요새들도 강가에서 뛰어놀았다. 오듀본은 화려한 되새의 빼어난 아름다움을 표현하는 힘겨운 일에 매달렸다.

하지만 돈이 다 떨어졌기에 어쩔 수 없이 다시 초상화를 그려야 했다. 신사 한 명이 초상화를 그리고 싶어 했다. 돈이 없는 대신 숙녀용 안장을 주겠노라고 했다. 말도 없는 오듀본에게 말안장은 아무 소용이 없었다. 그래도 오듀본은 그 안장을 받아 루시에게 보냈다. 안장이 쓸모없기는 루시도 마찬가지였다.

일거리를 조금 더 얻긴 했지만, 새와 사람을 동시에 그린다는 것은 정말이지 너무나 힘든 일이었다. 오듀본은 일기에 이렇게 적었다.

나는 뉴올리언스에서 너무 힘들었다. 한 번에 두 마리 토끼를 잡을 수는 없었다.

: 염습지鹽濕地 바닷물이 드나드는 해변의 습지.

초상화 일을 얻는 데 도움이 되지 않을까 기대하며, 오듀본은 다른 미술가를 찾아보기로 했다. 어떤 사람은 오듀본의 새 그림이 형편없다고 하고, 어떤 사람은 오듀본을 거지처럼 대기실에서 기다리게 만들었다. 오듀본의 초상화를 훑어보면서, 윤곽이 너무 거칠다고 한 이들도 있었다. 하지만 새 그림을 보고 나서는 모두들 표정이 조금 달라졌다. 오듀본의 얼굴에서는 당혹스러움으로 땀이 비 오듯 줄줄 흘러내렸다. 오듀본은 쓸쓸히 돌아섰다.

그 즈음, 에스파냐로부터 취득한 서부 영토의 경계를 조사하기 위한 탐험대가 조직되었다. 오듀본은 화가로 이 탐험대에 합류하고 싶었다. 여기에 합류하면 돈도 벌고 서부의 새들을 연구할 수 있는 좋은 기회가 될 것 같았다. 뉴올리언스에서뿐만 아니라 동부에서도 유명한 사람이 소개장을 써주었지만 뜻대로 되지는 못했다.

오듀본은 대신, 장교의 초상화를 그려 주고 돈을 조금 벌었다. 오듀본의 옷은 낡아서 더없이 초라해 보였다. 그 때문에 지인들이 거리에서 자신과 이야기하기를 꺼려한다고 생각했다. 그러던 어느 날, 우연히 아주 오래전에 만난 적 있는 무역상 빈센트 놀테를 만났다. 오듀본은 한때 프랑스 선원 복장을 하고 자신이 아끼던 말 바로를 타고 다녔다. 그런데 지금은 꼴이 말이 아니었다. 가난을 숨길 수 있는 방법은 없었다. 다행히 놀테는 오듀본을 다정하게 대해 주었다.

돈이 한 푼만 있었다면! 이제 오듀본의 운도 다한 것일까? 오듀본은 용케 목구멍에 풀칠은 하고 있었다. 뉴올리언스는 예술가들로 넘쳐났다. 부유한 루이지애나 무역상과 농장주들로부터 돈벌이를 기대하며 많은 사람들이 모여들었다. 너무나 많은 사람들이 돈을 벌려고 혈안이 되어 있었다.

오듀본이 묵고 있던 하숙집 여주인은 오듀본의 옷이 점점 초라해지자 오듀본을 쫓아내려고 했다. 레슨을 조금 하고는 있었지만 큰돈이 되지는 않았다. 여름이 다가오자 학생들도 줄어들었다. 그림 레슨을 받을 정도의 여유가 있는 부자들은 농장이나 북쪽으로 갔으니 그럴 만도 했다.

남쪽으로 가서 플로리다와 아칸서스를 여행하고자 했던 오듀본의 원대한 계획은 물거품이 되었다. 무일푼이 되어 시핑포트로 돌아가야 할 처지였다.

다행히 집세를 내고 루이스빌로 돌아갈 채비를 했다. 최악의 상황이라 루이스빌까지는 걸어가야 했다. 오듀본은 이 상황이 몹시 수치스러웠다. 헨더슨에서 큰 고통을 한 번 겪었지만 지금 상황은 더 암담한 것 같았다. 미국의 모든 새들을 그리겠다는 원대한 계획은 무너져 내리고 말았다. 그림을 출판하는 일은 로키산맥이나 달처럼 멀게만 느껴졌다. 루이스빌로 돌아가는 것은 곧 포기를 의미한다는 걸 잘 알고 있었다. 어쩌면 영원히.

하늘이 무너져도 솟아날 구멍이 있는 법. 최근까지 그림을 지도했던 학생 중 엘리자라는 여자 아이가 하나 있었다. 엘리자는 펠레시아나에 있는 오클리 농장에서 온 열여섯 살 소녀였다. 오듀본이 그 소녀에게 마지막 수업을 할 때, 소녀의 어머니가 오듀본의 낙담한 모습을 보고 왜 그러냐고 물었다. 오듀본보다 나이가 좀 더 많은 부인은 오듀본의 이야기를 듣더니 여름 동안 오클리에서 자기 딸에게 그림과 프랑스어를 가르쳐 달라고 했다. 메이슨과 함께 와도 좋다고 했다. 그렇게 되면 농장에서 지내며 오후에는 자유 시간을 가질 수 있었다. 아이를 가르치는 대가로 한 달에 60달러를 받기로 했다. 오듀본은 이 일자리를 고맙게 받아들였다.

꿈을 놓지 않다

오듀본은 펠리시아나로 가며 에스파냐 통치하에 지어진 집들을 바라보았다. 광활한 농장들도 지나쳤다. 굽이진 미시시피 강에 둘러싸인 짙은 늪지대와 호수가 가로지르는 곳. 어떤 사냥꾼은 "숲이 너무나 울창해 칼자루가 닳도록 칼을 휘둘러야 할 정도다"라고 말했다. 평화적인 촉토족 인디언들은 여전히 아무 곳에나 야영지를 세우며 자유롭게 살았다. 흑인들도 신비한 의식을 행하고 백인들이 이해 못하는 새와 동물 이야기를 하며 원시적인 삶을 살고 있었다.

인디언 오솔길에는 아직도 강도들이 출몰했다. 그래서 집집마다 무기들이 가득했다. 농장 마을들도 적의 침입에 만반의 준비를 하고 있었다. 그런 상황에도 집에는 넓은 회랑이 있었다. 기다란 프랑스식 창문과 잘 꾸민 정원도 있었다. 봄에 창문을 열면 노란 수선화, 노란 백합을 어디서나 볼 수 있었다. 시핑포트에서와 마찬가지로, 식물과 관목들은 프랑스에서 가져온 것들이었다. 훌륭한 서재도 있고 프랑스와 영국의 신간 잡지도 있었다. 집에는 바이올린, 기타, 플래절렛, 하프시코드(피아노의 전신) 등과 같은 악기들이 있었고, 최신 음악도 자주 들어왔다. 악보는 대부분 손으로 베껴 쓴 프랑스와 이탈리아의 최신 오페라이거나 영국, 아일랜드, 웨일즈의 오래된 댄스곡들이었다.

펠리시아나는 문명과 야생이 기묘하게 뒤섞인 곳이었다. 동쪽에는 인디언 부족들이 살았고 서쪽에는 황야가 있었다. 18세기 프랑스와 에스파냐의 모습도 그대로 남아 있었다. 오듀본은 이런 뒤섞인 모습이 아주 마음에 들었다. 그의 성격에도 혼합적인 요소가 많이 담겨 있었다. 마을에는 최신 음악과 책이 잘 갖추어진 도서관도 있어 즐거운 시간을 보낼 수 있었다. 가르치고 사냥하고 기록하는 와중에도 오듀본은 책을 많이 읽었다. 그중에서도 《질 블라스》*를 가장 즐겨 읽었다. 책에 담긴 유머 감각이 마음에 들었고, 모험을 거듭하면서 세상을 알게 된 주인공에게서 자신의 모습을 보았기 때문이었다.

처음에 오듀본은 이곳 사람들을 만나는 것이 부끄러웠지만 차츰 익숙해졌다. 행복한 날이 이어졌다. 이웃들은 오듀본에게 진귀한 식물이나 새들을 가져다주곤 했다. 오듀본은 그림 가르치는 일을 마치면 숲으로 갔다. 향긋한 목련, 감탕나무, 커다란 너도밤나무, 키 큰 노란 포플러, 야생 포도, 심지어는 붉은 흙까지도 오듀본을 흥분시켰다. 굴뚝새들은 길 잃은 나뭇잎처럼 바닥을 지나다녔고 붉은 홍관조의 노랫소리도 들려왔다. 흉내지빠귀는 근처 고무나무 주위에서 껑충껑충 뛰어다녔다. 잠자고 있던 여우는 귀찮은 듯 앞발을 들고 자리에서 일어나 멀리 사라져 버렸다.

오듀본은 목련 나무 아래 누워 몇 시간이고 흉내지빠귀 한 쌍을 지켜보았다. 매 한 마리가 재빨리 수놈에게 달려들었지만, 흉내지빠귀는 매를 향해 날쌔게 움직이더니 꼬리를 돌리고 공중으로 달아나 버렸다. 정원에서는 흉내지빠귀 한 마리가 개와 고양이를 쫓아다녔다. 흉내지빠귀의 노랫소리는 무척 아름다워 농장의 모든 사람들이 흉내지빠귀를 보호하고 있었다. 세련되고 대담한 행동도 보는 사람들을 즐겁게 했다. 제멋대로 만든 둥지는 무척이나 어지러워 보였지만.

그리 멀리 떨어지지 않은 곳에 이끼도 뒤덮인 깊은 늪지대가 있었다. 오듀본은 늪지대에 갔다가 붉은벼슬딱따구리 한 마리를 머리에

붉은벼슬딱따구리Red–Cokaded Woodpecher

없고 되돌아왔다. 피곤함을 무릅쓰고 자리에 앉아 딱따구리를 그리기 시작했다. 처음에는 딱따구리를 그냥 방 안에 자유롭게 풀어 두었다. 그랬더니 이놈이 아래층으로 날아가 집 안을 휘저으며 돌아다니고, 벽에 기어올라 벽돌 사이를 쪼며 닥치는 대로 곤충을 잡아먹는 것이 아닌가. 할 수 없이 창문을 열어 놈을 밖으로 내보냈다.

오듀본은 기회가 될 때마다 살아 있는 새들을 그렸다. 그리고 끊임 없이 나뭇잎을 스케치했다. 꽃이 핀 나뭇가지와 잘 익은 과일, 기묘하게 생긴 곤충들, 아름다운 잠자리, 쐐기벌레, 벌, 거미, 나비 등의 그림으로 공책을 채워 나갔다. 개구리와 도마뱀도 그렸다. 다 자란 방울뱀을 죽여 입을 쫙 벌린 채 송곳니를 드러나게 해, 공격하는 모습을 만들어 놓고 열여섯 시간 동안 쉬지 않고 그린 적도 있었다. 오듀본은 이 그림을 촛불 아래에서 완성했다. 다음 날, 뱀의 머리를 해부해 턱뼈와 이빨의 구조를 확인했다. 문득 뱀과 새가 싸우는 모습을 그려야겠다는 생각이 들었다. 용감하게 싸움을 잘하는 흉내지빠귀가 좋겠다고 생각했다. 오듀본은 검정 뱀이 새들을 무자비하게 공격하는 장면을 여러 번 본 적 있었다. 하지만 흉내지빠귀와 오렌지 꽃의 모양을 고려할 때 검정뱀은 너무 칙칙할 것 같았다. 윤곽이 뚜렷한 물결무늬의 방울뱀이 어울릴 듯했다. 오듀본은 가까이 다가오는 송곳니에 맞서 몹시 두려워하며 날개를 퍼덕이는 흉내지빠귀를 그렸다.

당대는 물론이고 이후에도 오듀본의 새 그림은 부자연스럽다는 평가를 받았다. 방울뱀에 공격당하는 흉내지빠귀 그림은 한참 뒤 오듀본을 격렬한 논쟁으로 몰아넣었다.

어느 날 오듀본은 작은 계곡으로 들어가고 있었다. 그루터기에 아무렇게나 놓여 있는 둥지를 발견하기도 전에, 어디선가 날카롭고 성난 소리가 들렸다. 위를 쳐다보니 커다란 볏이 달린 수컷 딱새 두 마리가 사납게 싸우고 있었다. 깃털이 소용돌이를 일으켰다. 한 놈이 다른 놈의 꼬리를 향해 돌진해 깃털을 뽑아 버리고 나서 또다시 공격하기 위해 잠시 물러났다. 오듀본은 그 자리에서 눈앞에 펼쳐지는 광경을 그렸다. 아무런 배경도 없이, 보이는 대로 그렸다. 하늘을 배경으로 한 놈이 다른 놈 위에 올라가 있는 모습. 곧추선 볏과 뻣뻣한 꽁지깃을 그렸다.

곧 가을이 다가왔다. 나뭇잎이 울긋불긋 물들었다. 이제 떠날 때가 된 것이다. 펠리시아나가 어느새 고향처럼 느껴졌다. 종이와 그림물감, 화약과 총알을 사는 것 말고는 돈을 쓰지 않았기에 돈을 어느 정도 모을 수 있었다. 이곳에서의 경력이라면 뉴올리언스에서 새로운 학생들을 모을 수 있고 초상화로도 수입을 얻을 수 있으리라는 확신이 들었다. 오듀본은 루시에게 증기선을 타고 펠리시아나로 와달라고 부탁했다.

> 새와 식물 그림 62점, 짐승 그림 3점, 뱀 그림 2점, 갖가지 초상화
> 50점을 그렸어. 당신도 잘 알다시피, 난 돈 한 푼 없이 시작했지.

오듀본은 의기양양하게 루시에게 편지를 보냈다.

루시는 미래가 불확실한 상황에서 오듀본과 함께하는 것이 썩 내키지 않았다. 하지만 오듀본은 고집을 부렸다. 그는 호주머니에 들어 있는 42달러와 뜨거운 성취감만으로 조그만 집을 빌렸다.

마침내 루시가 아이들과 함께 왔다. 다시 만난 가족은 무척 즐거웠다. 오듀본은 새로 받은 수강생을 가르치고, 초상화로 더 많은 보수를 받기 위해 유화물감으로 자유롭게 실험을 하기 시작했다. 한번은 유명한 사제인 안토니오 신부의 초상화를 그려 전시했는데, 이것이 꽤 큰 반향을 불러일으켰다.

어쩌면 오듀본은 초상화가가 되었을지도 모른다. 하지만 오듀본은 초상화에 서명을 한 적이 한 번도 없었다. 결코 자신을 초상화 작가라고 생각해 본 적이 없기 때문이었다. 자신을 예술가라고 생각하지도 않았다. 그저 박물학자라고만 여겼다.

오듀본은 루시에게 그동안 자신이 그녀에게 보냈던 그림들과 신

시내티에 남기고 왔던 그림들을 모두 뉴올리언스로 가져오라고 부탁했었다. 루시가 가져온 그림들을 훑어보고 나서, 오듀본은 솔직히 말했다.

"지난겨울부터 내가 그린 것들과 비교해 볼 때, 이 그림들은 기대했던 것보다 좋지 않아."

오듀본은 사냥꾼 하나를 고용해 자신에게 매일 새로운 새를 가져와 달라고 부탁했다. 이미 그린 새들을 제외하고, 새 한 마리당 1달러씩 주기로 했다. 이렇게 하면 자신의 원대한 계획을 성취할 수 있을 것 같았다. 또한 이미 수집한 새들을 새로운 스타일로 다시 그리기로 했다.

이즈음에는 걱정거리가 많았다. 학생들을 가르치고 초상화를 그렸지만, 가족을 부양할 만큼 돈이 충분하지 않았던 것이다. 수채물감과 일기장을 살 여유도 없었다. 때마침 루시가 가정교사 일자리를 얻었다. 오듀본은 새로운 기회를 찾아 뉴올리언스 나체스에 가보기로 했다.

함께 뉴올리언스로 간 어린 소년 메이슨은 오듀본과 함께 여행을 하다 곧 북서쪽으로 떠났다. 돈이 없던 오듀본은 작별 선물로 총 한 자루, 종이 몇 장, 분필을 주었다.

나체스에 도착한 지 얼마 안 돼 오듀본은 성공의 조짐을 보았다. 사람들은 나체스의 풍경화를 원했다. 오듀본은 강에서 바라본 마을의 풍경을 유화물감으로 그렸다. 보기 흉한 장소도 흐리게 하거나 빼먹지 않고 있는 그대로 그렸다.

어느 날 오듀본은 자신의 새 그림들을 자칭 박물학자라는 한 영국 여행객에게 보여주었다.

“영국으로 그림을 가져가야겠어요. 하지만 작품을 완성하고 이름을 얻으려면 시간이 좀 걸릴 것 같군요.”

오듀본은 자신의 야망을 묻어 두어야 했다.

그때 그린 자화상 속의 오듀본은 고개를 한껏 움츠리고 전체적으로 캔버스 아래쪽에 치우쳐 있는 모습이었다. 크게 뜬 눈은 어딘지 모르게 어두워 보였다. 사실, 썩 잘 그린 자화상은 아니었다. 하지만 단호한 느낌이 풍겨 나왔다. 당시 오듀본의 너무나도 우울한 삶이 그대로 묻어나는 것 같았다.

오듀본은 다시 펠리시아나로 돌아왔다. 그는 펠리시아나를 고향처럼 느꼈는데, 그 때문인지 아는 사람을 통해 루시의 가정교사 일자리를 구할 수 있었다. 근처에는 어린아이들이 많았다. 오듀본도 일자리를 제안받았다. 그곳에 남아 어린 숙녀들에게 음악과 그림을 가르치고 어린아이들에게는 댄스도 가르쳐 주었다. 두 아들 빅터와 존도 한 집에 살게 되었다. 이렇게 해서 오듀본 가족은 다시 함께 살 수 있게 되었다.

오듀본은 자신이 가르치는 아이들을 친자식처럼 사랑했다. 아이들도 오듀본을 잘 따랐다. 헨더슨에서도 그랬던 것처럼 이곳 아이들도 새의 습성을 잘 알고 있었다. 어디에 가면 새 둥지가 있는지 오듀본에게 알려주기도 하고, 흑인들한테 들은 기이한 이야기를 들려주기도 했다.

"쏙독새는 밤에 자기 알을 땅 위에서 멀리 굴려요."

소년 하나가 이렇게 말했다.

"누가 그러던?"

오듀본이 물었다.

"폼프요."

오듀본은 폼프와 이야기를 나누었다.

"쏙독새는 부리로 알을 굴려요. 언젠가 밤에 제가 보았어요. 어떨 땐 모기도 잡아먹어요. 조그만 새들을 통째로 삼켜 버리기도 하고요."

쏙독새는 오듀본에게 친숙한 새였다. 그는 해 질 녘 공기를 가르는 쏙독새의 재미있는 움직임에 이미 익숙해 있었다.

마침내 오듀본은 쏙독새 둥지를 하나 발견했다. 그건 둥지라기보다는 땅 위에 잘 숨겨진 허술한 구멍에 불과했다. 계곡의 나무 밑동과 나뭇잎 사이에 교묘하게 놓여 있었다. 오듀본은 다른 둥지 하나도 찾아냈다. 그러고 나서 축축한 계곡에 엎드려 무슨 일이 일어나는지

쏙독새Chuck-will's-widow

지켜보았다. 어느새 어둠이 짙어졌다. 쏙독새는 올빼미처럼 조용했다. 아침에 보았을 때 둥지는 텅 비어 있었다. 기다리며 살펴보는 데 많은 시간이 걸렸다. 개 한 마리가 꼼짝없이 긴 시간을 함께 있었다. 마침내 오듀본은 동틀 녘의 희미한 빛 속에서 쏙독새 한 쌍이 둥지에서 날아오르는 모습을 보았다. 둥지는 다시 텅 비었다. 쏙독새는 알을 부리로 날랐다. 개와 함께 숲을 샅샅이 뒤져 보았지만, 아무런 흔적도 발견하지 못했다. 쏙독새들이 알을 더 먼 곳으로 옮겨 두었던 것이다.

한번은 늪지대에서 사냥을 하고 그림을 그리며 하루를 보낸 뒤, 덫 사냥꾼의 자그마한 오두막을 발견하고 그곳에서 밤을 보내기로 했다. 하늘을 보니 폭풍이 곧 불어닥칠 것 같았다. 갑작스럽게 천둥소리가 들리더니 허리케인이 이 허술한 오두막을 덮쳤다. 하늘에 구멍이 뚫린 듯 비가 내리더니 물이 갑작스레 불어났다. 오두막은 순식간에 물에 잠겼다. 물이 무릎까지 차오르고 점점 더 높이 올라왔다. 오듀본은 포트폴리오를 머리 위로 높이 들어 올렸다. 커다란 나무가 두 동강 나며 오두막 바로 앞으로 쓰러졌다. 위로 뻗은 팔과 손은 점점 뻣뻣해지는데 폭풍은 더욱 거세졌다. 죽음을 앞에 둔 사람이 그렇듯, 오듀본의 머릿속에는 지나온 일들과 일어날 것 같지 않은 미래 일이 순간적으로 떠올랐다. 그동안 작업한 것이 몽땅 떠내려가면 하나하나씩 다시 시작해야 할지도 몰랐다. 미국의 정착하고 밀그로브에서 그림을 시작한 이후 세월이 많이 흘렀다. 오듀본은 흔들리는 나뭇가지의 소용돌이와 퍼붓는 빗속에서 절망에 빠졌다. 너무나도 혼란스러웠다.

다행히 서서히 폭풍이 잦아들었다. 햇빛이 비추고 개똥지빠귀의 노랫소리가 들려왔다. 청명하고 부드럽고 풍성한 플루트와 비슷한 소리였다. 그 어떤 악기도 그 어떤 노래도 이처럼 달콤할 수는 없을 것 같았다. 전에도 개똥지빠귀의 노랫소리를 들어본 적이 있었지만, 이번처럼 감미로운 적은 없었다.

오듀본과 루시는 출판에 대한 계획을 마음속으로 서서히 진행해 갔다. 오듀본은 아직 계획한 그림을 다 완성하지 못했다. 책을 내려면 적어도 400점 정도는 있어야 했다. 그런데 만족스러운 그림은 절반을 겨우 넘는 정도였다. 자신의 작품을 세상에 보여 주고 인정받고 싶었다. 당시 필라델피아는 학문과 예술의 중심지였다. 오듀본은 필라델피아로 가기로 했다.

1822년 10월, 오듀본은 증기선을 타고 빅터와 함께 시핑포트를 향해 출발했다. 그곳에서 내려 필라델피아로 갈 계획이었다. 큰 아들 빅터는 이제 열네 살이었다. 빅터는 장사에 재능이 있어서 니콜라스 버사우드의 상점에서 일할 계획이었다.

필라델피아까지 어떻게 갈지는 오듀본 자신도 몰랐다. 벌이는 신통
치 않았고 증기선 운임은 비쌌다. 하지만 여행을 계속하기로 마음먹
었다.

오하이오 강이 너무 말라 증기선은 강어귀에 꼼짝없이 묶여 있었다. 오랫동안 가뭄이 이어졌다. 여행이 얼마나 더 지체될지 아무도 몰랐다. 오듀본은 빅터와 다른 승객 두 명과 함께 400킬로미터를 걸어서 루이스빌로 가기로 결심했다.

일리노이 강변을 따라 일렬종대로 걸어갔다. 일행 중 누군가 나무 피리를 불었다. 이렇게 3일을 걷자 사람들은 숨을 헐떡였다. 빅터는 절뚝절뚝 다리를 절기 시작했다.

4일째 밤, 빅터가 풀밭에 쓰러졌다. 발가락에 염증이 생긴 것이다. 다행히 다음날 기운을 차렸다.

오듀본은 아들 빅터와 함께 마침내 시핑포트에 도착했다. 주머니에는 단돈 13달러뿐이었다.

그러나 필라델피아는 너무 멀었다. 그래서 일단 시핑포트에서 겨울을 보내기로 했다. 오듀본은 그림 그리는 일이라면 무엇이든 했다. 초상화, 풍경화, 증기선 내부 풍경, 심지어 상점의 표지판도 그려 주었다.

오듀본은 미국의 풍경화가 대중적이라는 사실을 알았다. 문명의 유입과 더불어 미국의 풍경은 빠른 속도로 변하고 황무지는 사라지고 있었다. 그래서 추억거리가 유행했다. 오듀본은 이 풍경화를 가지고 필라델피아로 가면 예술가로 인정받고 그림도 팔 수 있을 거라 생각했다. 오듀본은 봄이 될 때까지, 그곳에서 여행하기에 충분한 돈을 모았다.

필라델피아에 도착하자마자 당시 대중적인 화가였던 토머스 셜리[*]를 찾아갔다. 셜리는 오듀본의 초상화나 풍경화가 모두 최고가 아니라는 것을 본능적으로 알았다. 유화는 오듀본에게 맞지 않았다. 셜리를 사로잡은 것은 오듀본의 새 그림이었다. 셜리는 오듀본에게 당대

토머스 셜리 Thomas Sully(1783~1872) 미국의 유명한 초상화가. 1810년 이후 필라델피아를 본거지로 삼아 활동했다. 약 2000점의 초상화와 무수한 세밀화, 500점 이상의 실험적·역사적 회화 작품을 남겼다.

유명한 화가 세 명을 소개시켜 주었다. 셜리는 돈 한 푼 받지 않고 유화 그림을 가르쳐 주며 따뜻하게 격려해 주었다. 그렇지만 오듀본이 화가로서 대단한 대접을 받았다거나 새 그림이 예술 작품으로 인정받은 것은 아니었다. 당시에 유행하던 꽃과 새 그림은 16세기나 17세기의 플랑드르나 프랑스 화가들의 작품이 대부분이었다. 유화로 그린 그 그림들은 엄청나게 호화로워서 성이나 궁전에 장식되었다.

비슷한 시기 영국에서는 뷰익*이 새와 동물의 목판화를 만들어 냈다. 오듀본과 뷰익은 모두 있는 그대로의 모습에 관심을 가졌다. 필라델피아의 비평가와 논평가들, 심지어 셜리까지도 이해할 수 없었던 것은 오듀본이 배경에 대해 무관심하다는 것이었다. 당시 오듀본은, 잎과 꽃이 달린 풍성한 나뭇가지가 있기는 했지만 모두 백지 위에 그림을 그렸다. 오듀본의 그림에는 허식이 없었다. 색채는 풍부했지만 대부분 아주 딱딱했다. 당시 미국 미술계는 이런 꾸밈없는 그림을 알아주지 않았다.

출판에 대한 희망도 사라지고 가지고 있던 돈도 거의 다 떨어졌을

때, 조류학자이며 재력가인 해리스가 오듀본을 따뜻하게 도와주었다. 오듀본이 필라델피아에 머문 기간이 애초 계획보다 길어지면서 방세는 물론이고 루이지애나로 돌아갈 돈도 턱없이 부족해졌다. 그래서 오듀본은 해리스에게 그림을 한 점 팔려고 했다. 상황이 절박했기에 터무니없이 낮은 가격을 불렀다.

"당신 같은 사람은 돈을 바라면 안 됩니다, 오듀본 씨."

해리스는 이렇게 말하며 오듀본의 손에 100달러짜리 지폐를 건넸다. 오듀본은 해리스에게 프랑스 새 그림을 모두 선물로 주었다.

오듀본은 잠시 뉴욕에 들렀다. 하지만 오듀본이 만나고자 했던 화가들과 학자들은 피서를 떠나고 뉴욕에 없었다. 오듀본은 출판 기회를 타진해 보았지만 아무런 성과도 얻지 못했다. 아무것도 이룬 게 없었다. 이렇게 이름도 알리지 못하고 죽는 건 아닐까, 문득 두려워졌다.

세상에 알리지도 못하고 이렇게 묻혀 살 거라면, 가는 길에 나이아가라폭포나 구경하자고 생각했다. 그러나 곧 주머니가 비었다는 사실을 깨달았다.

오듀본은 큰길 쪽으로 나갔다. 지나가는 사람들을 훑어보는데 상점 안에 있는 한 신사가 눈에 띄었다. 왠지 그 신사가 초상화를 원할 것 같았다. 조심스럽게 그에게 다가가 말을 붙였다. 오듀본의 예상이 맞았다. 오듀본은 가게 위 먼지투성이 다락방에 스튜디오를 차리고 낡은 장난감과 악기들, 모피 모자와 귀리가 들어 있는 큰 상자들 틈바구니에서 초상화를 그렸다. 이렇게 여행에 필요한 경비를 벌었다.

이제 피츠버그로 떠났다. 그런데 강물이 불어나 더 이상의 여행을 할 수가 없었다. 어쩔 수 없이 알레게니 근처에서 2~3개월을 보내야 했다. 다행히 그곳에서 많은 사람들을 만날 수 있었다. 사람들은 오듀본의 작품에 박수갈채를 보냈다. 출판에 대한 새로운 희망이 서서히 싹트기 시작했다. 많은 사람들이 구독자가 되어 주기로 했다. 오듀본은 새들을 찾아다니며 그림을 계속 그렸다. 오듀본의 그림 중에서도 훌륭한 작품으로 꼽히는 나그네비둘기*는 바로 이때 그린 것이다.

하지만 돈이 충분히 모이지 않았다. 그는 직접 그린 석판화를 팔기 위해 신시내티로 향했다. 그런데 가는 날이 장날이라고 비가 엄청나게 퍼부었다. 강변 마을 주민들은 석판화를 사려고 하지 않았다. 비가 완전히 그친 10월 말 신시내티에 도착했을 때는 수중에 돈이 없었다. 결국 오래전부터 알고 지내던 지인에게 돈을 조금 빌리기로 했다. 돈을 빌려 달라는 말을 하기가 어려워 한동안 그 집 앞을 이리저리 서성인 뒤에야 간신히 빌릴 수 있었다.

⁞ 나그네비둘기　미국 개척 시대 때만 해도 북아메리카 대륙 온대 전역에 걸쳐 널리 분포하던 가장 흔한 들새였다. 그러나 고기와 깃털 등을 얻기 위한 인간의 마구잡이 사냥으로 1910년대에 전멸했다.

나그네비둘기 Passenger Pigeon

12월 초의 어느 이른 아침, 오듀본은 아내가 있는 곳에 도착했다. 옷은 걸레가 되었고 머리는 덥수룩했으며 턱수염은 마치 해적 같았다. 오랜 여행 중에 일어났던 일들과 새로운 계획에 대해 쉴 새 없이 이야기를 쏟아내기 시작했다. 오듀본은 영국에 가서 자신의 책을 출판하겠다고 했다.

오듀본의 계획은 거창했다. 그래도 루시는 그를 믿었다. 오듀본은 더 많은 그림을 그리고 필요한 돈을 마련하려고 했다. 오듀본은 학생들을 많이 모아 그림, 음악, 프랑스어, 댄스를 가르쳤다. 심지어 젊은 성인 60명에게도 댄스 교습을 했다. 복잡한 스텝을 가르치면서 동시에 피들(바이올린과 비슷한 현악기)로 음악을 연주하곤 했다. 악기를 내려놓고 시범을 보여야 할 때에는 직접 노래도 부르며 열심히 가르쳤다.

오듀본과 루시는 하루일과를 마치면 함께 말을 타고 달렸다. 가끔 멀리까지 가곤 했다. 새 소리를 듣기도 하고 회색 여우들이 도마뱀처럼 땅에 몸을 바짝 붙이고 숲속으로 미끄러져 들어가는 것을 보기도 했다. 둘은 자신들과 아이들의 미래, '행복한 노년'에 대해 끊임없이 이야기를 나누었다.

오듀본의 작품은 전성기를 누리고 있었다. 오듀본은 일찍이 이처럼 드넓은 자유를 만끽한 적이 없었다.

이즈음 이웃의 인디언들로부터 방울뱀 가죽으로 신발 만드는 방법을 배우고 초상화도 그렸다. 초상화 그리는 일은 또 다른 즐거움을 주면서 돈벌이도 됐다. 둘째 아들 존에게 그림 지도도 해주었고 여전히 플루트나 플래절렛이나 피들을 연주했다. 오듀본은 지칠 줄 모르는 듯했다.

오듀본의 새 그림은 계속 나아지고 있었다. 그리고 마침내 야생 칠면조를 완성했다.

1826년 봄, 오듀본이 그린 새 그림은 어느 새 400점이 되었다. 돈도 1500 달러나 모았다. 서둘러 영국의 리버풀로 가는 배를 예약했다.

5월 18일, 드디어 배가 출발했다. 항해는 9주나 이어졌다. 오듀본은 초조한 마음을 달래기 위해 배 안에 있는 책을 모조리 읽었다. 어떤 책은 두 번 이상 읽기도 했다. 배 안 승객들의 초상화도 그리고 승객과 선원에 대해 메모를 하기도 했다.

마침내 고래 같은 모습이 보이더니 육지 냄새가 풍겨 왔다. 배가 아일랜드의 반짝이는 해안을 지나 리버풀에 다가갈 때쯤 오듀본은 향수병에 사로잡혔다. 하지만 멀리 여러 척의 배들과 안개 자욱한 초록색 언덕이 눈에 들어오자 기분이 달라졌다. 오듀본은 예의 씩씩한 성격으로 돌아가 배에서 내린 뒤 부산한 거리로 성큼성큼 걸어갔다.

바위 위의 독수리

오듀본은 빈센트 놀테가 써준 소개장을 가지고 래스본 가족을 찾아 갔다. 래스본 가족은 리버풀에 살던 퀘이커 교도였다. 이들은 오듀본 에게 그림과 자연사에 관심이 많은 리버풀 사람들을 소개시켜 주었다.

오듀본의 가슴은 희망으로 부풀어 올랐다. 이곳 사람들은 오듀본의 그림을 높이 평가해 주었다. 칭찬이 진심에서 우러나온 것임을 느낄 수 있었다. 오듀본은 여러 집에 초대를 받았다. 유행에 뒤진 오듀본의 코 트는 별 문제가 되지 않았다. 사람들은 대부분 오듀본을 시골 사람으로 생각했는데, 그것이 오듀본에게 그다지 나쁘게 작용하지는 않았다.

사람들은 또한 강한 프랑스 악센트를 쓰는, 이국적인 예술가와 만나는 것을 좋아했다. 솔직한 눈빛, 약간 위로 솟은 머리, 건강한 혈색과 외모. 오듀본은 여전히 서부 사냥꾼의 자연스런 머리카락을 지니고 있었다.

영국인들이 미국 새의 울음소리를 들려 달라고 하면, 오듀본은 흉내지빠귀나 홍관조, 쏙독새의 울음소리를 자연스럽게 흉내 냈다. 영국인들은 인디언에 대해 묻기도 했다. 사람들의 관심을 받게 되면 오듀본은 수줍어 어쩔 줄 몰랐다. 자기 머리가 궁지에 몰린 호저[*]처럼 보이는 것 같았다. 특히 스탠리 경을 만났을 때는, 머리카락이 뻣뻣하게 섰다.

"좋군요! 아름다워요."

스탠리는 이렇게 말했다. 그는 그림을 바닥에 펼쳐 놓고는, 바짝 엎드려 꼼꼼히 살펴보았다.

그림이 왕립학술원에 전시되었기에 오듀본은 그곳에서 매일 시간을 보내야 했다. 전시를 통해 100파운드 이상을 벌었다. 하지만 그는 왠지 그림을 보여 주고 돈을 받는 것이 싫었다. 그리고 복잡하고 오래된 리버풀이 답답했다. 오듀본의 마음은 무겁기만 했다.

: **호저**　두더쥐와 비슷한 포유동물. 몸에 뻣뻣한 가시털이 나 있다.

오듀본은 꽃과 새를 그려 달라는 부탁을 많이 받았는데, 그중 야생 칠면조를 그려 달라는 경우가 가장 많았다. 오듀본은 새로 사귄 친구들에게 그 그림들을 나누어 주고 몇 점은 팔기도 했다. 하지만 마음은 여전히 답답했다. 고향이 그리웠다.

하루하루 수많은 사람들을 만났다. 그런데 만나는 사람마다 책을 출판하기 전에 영국에서 오듀본이라는 이름과 작품을 알려야 한다고 이야기했다. 그래서 오듀본은 소개장을 잔뜩 들고 맨체스터로 갔다. 그러나 별 성과를 얻지 못했다. 고작 스무 명에게 그림을 보여 주었을 뿐이다. 오듀본은 크게 낙담했다.

그러던 어느 날 아침, 오듀본이 전시실 근처에 서 있는데 두 사람이 다가왔다.

"오듀본이라는 사람의 새 그림 봤어? 입장료가 아깝지 않다고 하던데, 한번 가보자구."

그러자 또 한 사람이 말했다.

"쓸데없이 돈 낭비하지 마. 그런 자식은 도시 밖으로 쫓아 버려야 해."

오듀본은 쥐구멍에라도 들어가고 싶었다. 그런데 잠시 후, 실크 모자를 쓰고 회색 실크 외투와 흰색 페티코트를 입은 퀘이커 교도가 귀여운 딸 네 명을 데리고 그림을 보러 왔다. 그 뒤 전시에 관한 소문이

다른 퀘이커 교도들 사이로 퍼져 나갔다. 퀘이커 교도들은 입에 침이 마르도록 오듀본의 그림을 칭찬했다.

실물 크기로 책을 만들 계획을 가지고 있던 오듀본은 런던의 유명한 서적 판매업자로부터 실망스런 이야기를 들었다.

"오듀본 씨, 잘 들으세요. 현재 이런 책들은 친구가 많은 사람들이 사요. 그 사람들은 당신 책을 오락거리로 탁자 위에 놓기를 원할 겁니다. 이게 당신 책의 주요한 용도이지요. 만약 책이 탁자를 꽉 채울 만큼 크면 안 팔릴 거예요. 공공기관이나 몇몇 귀족들만 책을 구입하게 될 겁니다. 하지만 좀 작게 만들면 천 권 정도는 팔 수 있을 거예요. 책 크기가 영국 시장에 맞아야만 합니다."

서적상은 이렇게 오만하게 말했다.

다음은 스코틀랜드 에든버러였다. 당대의 유명한 박물학자들이 죄다 에든버러에 모여 있었기 때문에 에든버러에서 인정을 받아야 했다. 오듀본은 에든버러에서 예리한 안목을 갖추고 있고 자기주장이 강한 사람들을 많이 만났다. 그곳에는 제프리라는 사람이 펜을 신랄하게 휘두르고 있었고, 세계적인 박물학자 크리스토퍼 노스가 《블랙우즈》의 편집자로서 막강한 지위를 차지하고 있었다. 오듀본은 이런 저명인사들이 자신을 환영하지 않는다는 것을 알았다. 한 교수에게 유명 작가 월터 스콧 경을 만나고 싶다고 하자 그는 핀잔을 주었다.

홍관조Cardinal Grosbeak

야생 칠면조Wild Turkey

"월터 스콧 경을 만나고 싶다고? 주제 파악을 못하는군!"

그래도 오듀본은 자신을 알리는 일에 열심히 매달렸다. 그림을 옆구리에 끼고 집으로 사무실로 바쁘게 돌아다녔다. 희망을 품고 갔지만, 가끔씩 이런 자신의 모습이 초라하게 느껴지기도 했다. 저명인사들은 바쁘다며 오듀본을 만나 주지도 않았다.

그러나 오듀본의 그림이 전시되면서 커다란 반향을 불러왔다. 오듀본의 작품은 서서히 인정을 받기 시작했다. 자연스럽게 월터 스콧 경도 만나게 되었다. 월터 스콧은 오듀본에게 그림을 가지고 집으로 오라며 초대했다. 곧 명성이 쌓였다. 오듀본은 에든버러의 예술과 학문의 증진을 위해 설립된 사교계에 진출했다.

하지만 모든 것이 순조로웠던 것은 아니다. 오듀본은 대중 앞에서 건배를 하고 연설을 해야만 했다. 오랫동안 숲에서 은둔 생활을 한 사람에게 이런 일들은 몹시 힘들었다. 사람들이 많이 모인 자리에 가면 손이 땀으로 축축해지고 현기증이 올 때도 있었다. 한번은 저녁 약속 시간을 깜빡하고 하루 전에 약속 장소에 가기도 했다. 안주인이 괜찮다며 들어오라고 했지만, 오듀본은 덫에 꼬리를 잃은 여우처럼 창피함을 느끼며 집으로 돌아갔다.

밤늦게까지 이어지는 공식적인 저녁 식사가 끝나고 나면, 오듀본의 머리는 마치 벌집처럼 윙윙거렸다. 하지만 연회가 새벽에 끝나도 6시면 어김없이 일어나 자신을 도와준 사람들, 만나야 할 사람들, 미국의 옛 친구들, 아들들, 그리고 루시에게 편지를 썼다. 전날 있었던 일들, 사소한 모험들, 극장에 간 일, 도시를 걸어 다닌 일 등을 모두 꼼꼼히 썼다.

스코틀랜드의 겨울은 낮이 무척 짧았기에 종종 촛불을 켜놓고 그림을 그려야 했다. 오듀본은 체류 경비를 충당하고 주위 사람들의 도움에 보답하기 위해 늦게까지 그림을 그렸다. 한 무역업자에게 커다란 야생 칠면조 그림을 그려 주는 대가로 100기니를 받았다. 오듀본은 호의에 감사하는 마음에서, 자신에게 꼭 필요했음에도 불구하고 그 돈을 왕립학술원에 기증했다. 오듀본은 돈을 벌기 위해 열심히 그림을 그렸다. 야생 칠면조, 꿩, 오리, 매, 다람쥐, 여우, 덫에 잡힌 수달, 심지어 싸우는 고양이들까지 그렸다. 찾아오는 사람이 많아 작업을 중단해야 할 때가 많았다. 오듀본의 손님들 중에는 오듀본을 그리고 싶어 하는 사람들도 있었다. 그럴 때면 늑대 가죽 코트와 사냥 옷을 입은 채 몇 시간이고 꼼짝 않고 있어야 했다.

'정말 이상한 모습이야. 꼭 화난 독수리의 눈처럼 보이잖아.'

오듀본은 자신의 모습을 보고 생각했다.

당시에는 골상학骨相學*이 대유행이었다. 그러니 미국에서 온 이 시골 사람의 머리 모양을 관찰하는 게 얼마나 흥미로웠겠는가. 마치 오듀본이 새로운 새의 부리나 다리를 살펴보는 것처럼 사람들은 오듀본의 두개골을 끈질기고도 정밀하게 관찰했다. 오듀본은 끊임없이 많은 사람들에게 호기심거리가 되었다.

눈을 감았다. 그러자 얼굴과 머리에 기름을 먹이고 뻣뻣한 털로 콧구멍을 막고 회반죽을 그 위에 부었다. 그렇게 상반신이 만들어졌다. 오듀본은 어쩔 수 없이 이 작업에 동의했지만 기분이 나빴다. 갑자기 고향 생각이 간절해졌다.

며칠 뒤 오듀본이 방으로 돌아왔을 때 그의 얼굴이 탁자 위에 놓여 있었다. 이것은 모두 싸구려였다. 가치가 없었다. 오듀본도 그것을 알았다.

오듀본의 마음속에는 새 그림 출판에 관한 의지가 쉼 없이 타오르고 있었다. 미국을 떠나온 지도 어언 6개월이 흘렀다. 오듀본은 이 문제를 에든버러에서 사귄 새로운 친구들과 여러 차례 논의했다. 누군가가 유명한 영국 박물학자에게 그림을 보내면 출판하는 데 이름을 빌려줄지도 모른다는 얘기를 했다. 그렇게 되면 공동 작품으로 출판할 수 있다는 것이었다.

: **골상학**　머리 모양을 통해 사람의 성격이나 운명을 판단하는 학문.

오듀본은 낯선 사람을 만나거나 공적인 모임에 모습을 드러낼 때, 부끄러움을 많이 타는 편이었다. 하지만 이런 제안을 들었을 때, 단호히 말했다.

"만약 내 작품이 대중의 관심을 받을 만한 가치가 있다면, 그 자체로 세상에 알려져야 합니다."

어느 날, 동판공인 리자르스가 오듀본의 그림을 보러 왔다. 그 사람의 표정은 도무지 알 수가 없었지만 열정만큼은 의심의 여지가 없었다. 방울뱀의 공격을 당하는 흉내지빠귀, 야생 칠면조, 큰발매의 그림을 보자, 그림을 실물 크기 그대로 출판해야 한다면서 자신이 그 일을 맡겠다고 했다. 오듀본은 리자르스의 인그레이빙*이 탁월하다고 생각했다. 오듀본은 더 이상 시간 낭비 없이 출판을 서두르는 것이 좋겠다고 생각했다. 즉시 리자르스와 계약을 맺었다. 그 계약이 리자르스에게 매우 유리하게 체결되었다는 것은 나중에야 알았다.

오듀본은 구리에 새겨진 판화와 원래의 색상을 정확하게 재연해 내

⫶ 인그레이빙　오래된 동판화 기법 중 하나다. 과정은 다음과 같다. 끌로 동판을 선각線刻한다. 이 패인 선에 인쇄용 잉크를 솜이나 롤러로 채우고 판면의 잉크를 헝겊이나 손바닥으로 닦아 낸다. 적신 종이를 판면에 펴놓고 얇은 펠트로 덮어 동판 프레스에 걸어 찍어 낸다. 종이가 패인 선 안으로 밀려 들어가 그곳에 남아 있는 잉크가 묻는다.

는 기술자의 솜씨에 놀랐다. 다섯 개의 동판을 묶어 1호number로 출판해, 1년마다 5호씩 찍어 내면, 400장의 그림을 모두 출판하기 위해서는 적어도 10년 이상 걸릴 듯했다. 이것이 결국 네 개의 권volume이 될 것이다.

출판을 제대로 하기 위해서는 컬러링과 인그레이빙 기술이 모두 뛰어나야 했다. 또한 구독자를 모아야 했다. 구독자를 모으려면 전시를 해야 했고 전시를 하려면 서너 개의 동판을 완성해야 했다. 가장 먼저 커다란 수컷 칠면조를 실물 크기로 제작했다.

래스본 가족 덕분에 리버풀에서 구독자를 몇 명 모을 수 있었다. 몇 개의 기관에서도 구독 신청을 했다. 하지만 전체 작품을 출판하려면 여전히 더 많은 구독자가 필요했다. 오듀본은 최대한 노력을 기울였다. 마침내 리자르스에게 첫 번째 호의 비용을 지불하기에 충분한 돈이 모였다. 하지만 계속 책을 내려면 출판하기에 앞서 먼저 팔아야 했다. 오듀본은 초상화가로서의 재능을 내다팔았다. 이제 오듀본은 칠면조와 꿩, 여우는 물론이고 싸우는 고양이들의 그림을 내다 팔고 있었다.

이제 와서 출판을 포기하는 것은 불가능했다. 아내와 자식들을 먹여 살리는 것 말고도 또 다른 분명한 이유가 있었다. 오듀본은 스스로의 만족을 위해 새와 꽃을 그려 왔다. 자신의 그림이 아름답고 독창적이라는 사실을 잘 알고 있었다. 그리고 책으로 나와야 사람들이 오래 도록 자신의 그림을 감상할 수 있다는 것도 알고 있었다.

에든버러의 친구들 중 몇몇은 실물 크기 동판에 반대했다. 하지만 오듀본은 뜻을 굽히지 않았다. 꽃과 새는 자신이 보고 그린 대로 출판 되어야 했다. 충고에 맞서, 오듀본은 두 번째 호를 준비하는 동안 전 체적인 작품에 대한 개략적인 자료를 발간했다. 친구들은 실패했을 때를 생각해 보라고 충고했지만 오듀본은 자신의 작품이 모두 출간되 리라고 철석같이 믿고 있었다. 실패 따위는 생각하지 않았다.

어떤 어린 미국 소녀가 자신의 첫 번째 동판을 아무렇게나 들고 다 니는 것을 우연히 보았을 때, 오듀본은 몹시 언짢았다. 50년 뒤에는 그것이 진귀한 보물이 되리라 확신했다.

새 그림을 파는 것이 큰 문제였다. 오듀본은 더 많은 구독자를 모으 기 위해 에든버러 전역을 돌아다녔다. 전국을 돌아다니며 런던의 서 적 판매상이 이야기했던 것처럼 응접실 탁자 위에 자신의 책을 올려 놓고 심심풀이로 가끔씩 넘겨 보기를 원할 부유한 사람들을 만났다.

구독자 명단은 점차 늘어났다. 오듀본은 영국의 주요 도시들을 모 두 돌아다닌 뒤, 런던으로 가야겠다고 결심했다.

출발일이 다가오자 친구들이 오듀본의 외모에 대해 조언해 주었다. 특히 헝클어진 머리가 너무 거칠어 보인다고 했다. 그리고 코트 색에 대해서도 한마디 했지만, 오듀본은 코트는 그대로 내버려 두는 대신 머리를 조금 손질했다. 머리를 자른 날, 오듀본은 일기장에 죽은 사람 초상화처럼 검정 테두리를 두르고 그 페이지를 비워 두었다. 그리고 곧 머리를 다시 길렀다.

마침내 런던에 도착했다. 오듀본의 눈에 비친 런던은 이빨이 수백만 개 나 있는 거대한 괴물 같았다. 그래도 우호적인 분위기에서 오듀본의 그림이 전시되었고, 에든버러에서와 마찬가지로 좋은 평가를 받았다.

그러던 어느 날, 리자르스로부터 편지가 왔다. 오듀본은 리자르스의 동판이 그다지 마음에 들지 않았다. 전체적으로 색이 어둡고 선명하지 않았다. 출판을 포기해야 할지도 모른다는 생각이 들었다.

오듀본은 며칠 동안 고민을 했다. 그러다 런던의 제판공인 하벨이라는 사람의 소문을 듣게 되었다. 오듀본은 하벨을 찾아가 그림을 조각해서 채색해 달라고 부탁했다. 며칠 뒤 하벨은 넓은 이젤에 그림과 판화를 나란히 올려놓았다. 오듀본은 숨을 죽인 채 그것들을 바라보았다. 조금 뒤 방 안을 이리저리 돌아다니며 크게 소리쳤다.

"끝났어, 끝났어!"

하벨은 오듀본의 행동을 이해하지 못했다.

"뭐가 마음에 안 드나요, 오듀본 씨?"

하벨이 진지하게 물었다.

"도저히 구별할 수 없어요! 실물하고 똑같아요!"

오듀본은 소리쳤다. 오듀본은 너무 기뻐 뭐라 표현할 수 없었다.

리자르스는 자발적으로 물러나고 하벨이 작업을 끝마치기로 다시 계약을 맺었다. 비용도 리자르스보다 저렴했다.

오듀본은 출판 작업에 더욱 박차를 가했다. 여전히 구독자가 더 많이 필요했다! 오듀본은 영국 전역을 돌아다니며 구독자를 모으고 미술가들에게 새 그림을 보여 주었다. 때때로 실망스런 결과를 얻고 절망에 빠지기도 했지만, 그러면서도 번뜩이는 재치와 희망을 잃지 않았다.

한번은 어떤 사람이 오듀본의 그림이 모두 똑같으며 엉터리라고 비난했다. 오듀본은 말 한마디 안 하고 고개 숙여 인사한 뒤 그곳을 나왔다. 그리고 이렇게 중얼거렸다.

"올빼미처럼 생겨 가지고 난쟁이만 한 주제에……."

영국 왕 조지 4세와 클래런스 공작 부인이 구독자 명단에 이름을 올렸다. 이 소문이 재빨리 퍼져 나갔다! 그리고 캐롤라이나앵무새 그림이 아름답게 조각되고 채색되었다. 몇 주간의 실망은 눈 녹듯 사라졌다. 오듀본은 너무나도 기뻤다. 발바닥이 부르트도록 캠브리지의 도로를 신나게 걸어 다녔다.

오듀본은 이제 파리로 진출하기로 마음먹었다. 파리에서 오듀본은 환대를 받았다. 학계의 저명인사들을 모두 만나고 당대의 유명한 화가와 판화가들, 귀족들도 만났다. 왕실과학아카데미에 참석하기도 했는데 그곳에 모인 100명 넘는 인사들이 오듀본의 동판을 칭찬해 주었다.

"좋군요! 아주 멋져요! 대단하군요!"

오듀본은 파리에서 열네 명의 구독자를 확보했다. 그중 여섯 명은 공무원이었다. 오듀본은 왕실과학아카데미로부터 박물학자와 미술가로 공식 인정받았다.

마지막으로 프랑스 왕이 군대를 사열하고 있는 이시에 가기로 했다. 혼자 13킬로미터를 걸어가, 높은 성벽 꼭대기에 기어올랐다. 자리에 앉아 주위를 찬찬히 살펴보았다. 마차를 타고 가던 어떤 여자가 양산으로 오듀본을 가리켰다. 분명 그 여자는 오듀본을 커다란 검정 까마귀로 착각했을 것이다. 하지만 오듀본은 바위 위의 독수리가 된 기분이었다.

황금시대

오듀본은 파리에서 미국의 강을 떠올렸다. 허드슨 강, 미주리 강, 오하이오 강, 미시시피 강……. 그러다 보니 자연스레 루시 생각도 났다.

영국에 도착하고 몇 달 있다 루시와 두 아들을 데려올 생각이었다. 하지만 아직도 생활이 불안정했다. 1년이 지나고 또 1년이 지나갔다. 돈은 늘 부족했다. 그래도 리버풀에 도착하자마자 루시에게 금시계 하나를 보냈다. 그리고 얼마 뒤, '물빨래가 되는 최신 유행의' 드레스 여섯 벌을 손수건, 장갑과 함께 보냈다. 런던에서 여윳돈이 생기자 멋진 피아노 한 대를 배에 실어 루시에게 보냈다. 아들 존에게는 멋진 사냥개 한 마리를 보냈고 시핑포트에 있던 빅터에게도 피아노 한 대를 보냈다.

사실 오듀본 처지에 이런 것들은 분에 넘치는 것이었다. 그러나 오듀본은 그렇게 하고 싶었다. 마치 어제 본 것처럼, 가까이 있기라도 한 것처럼 루시에게 편지를 썼다. 생각나는 모든 것을 편지에 적었다.

파충류를 가져오지 않은 걸 무척이나 후회하고 있어. 동물을 팔면 좋은 가격을 받을 수 있었을 텐데. 희귀한 깃털과 씨앗도 가져왔더라면…….

이런 메시지가 1만 킬로미터 떨어진 곳으로 전해졌다. 루시가 오듀본에게 씨앗을 보냈을까? 물론 보냈다. 오듀본이 "인디언 방식으로 신발을 만들기 위해 방울뱀 가죽이 있었으면" 했을 때도 루시는 방울뱀 가죽을 보냈다.

존에게 깃털을 보내 달라고 전해줘. 그리고 존이 활짝 핀 면화 그림을 보내 주면 좋겠어. 히코리 나뭇가지, 검은 호두나무와 과일이 달린 나무 그림, 도토리가 달린 오크도 보내줘. 그러면 내가 다시 훌륭하게 그릴 수 있을 것 같아.

오듀본은 자연을 직접 보고 그리는 것에 익숙해 있었다. 그런데 지금은 오직 오래된 스케치나 기억에 의지해 그릴 수밖에 없었다.

오듀본은 존에게 그림을 그리고 새를 관찰하라고 했다. 자신의 거대한 계획을 이루지 못하고 죽을지도 모른다는 두려움 때문에, 그림에 소질 있는 아들에게 그 일을 넘기려고 했던 것이다. 사업에 소질이 있는 빅터는 구독자 관리를 도울 수 있었다.

1829년 봄, 예약 구독자와 기금은 기대에 못 미쳤지만, 오듀본은 진행하던 일을 하벨과 왕립협회의 친구에게 맡기고 뉴욕을 향해 출발했다. 루시가 펠리시아나에서 뉴욕이나 필라델피아로 올 수 없었기에 루시를 만나는 기쁨은 잠시 미뤄 두어야 했다. 오듀본은 풍요로운 여름을 여행으로 허비하고 싶지 않았다. 미국에 있는 동안 매일같이 자연을 그려야 했다.

오듀본은 곧바로 깊은 숲 속으로 들어갔다. 그곳에서 몇 주 동안 그림에 푹 빠져 지냈다. 특히 휘파람새가 날아다니는 모습, 집 짓는 모습 등을 공책에 빼곡히 채웠다. 오듀본은 맹렬히 그려 댔다. 그래도 마음은 평화로웠다. 몇 주 만에 대형 그림 열세 점을 완성했다.

한번은 벌목장 근처에 간 적이 있었다. 그때는 6월이어서 강물이 불고 뗏목은 둥둥 떠다녔다. 밝은 셔츠에 울긋불긋한 장식용 띠를 한 사공들이 여기저기 흩어진 나무들을 꼬챙이로 걸어 내며 강 아래로 내려갔다. 자칫 잘못하다가는 거대한 물살에 휩쓸려 목숨을 잃을 수도 있었다. 뗏목 사공들은 노래를 부르고 떠내려가는 통나무 위에서 춤까지 추었다. 밤에는 흠뻑 젖은 몸으로 캠프에 돌아와 피리를 연주하며 이야기꽃을 피웠다. 뗏목 사공들의 캠프는 오듀본이 머무르고 있던 오두막에서 그리 멀지 않았다. 물 흐르는 소리 때문에 잘 들리지는 않았지만, 그들의 이야기가 들려오곤 했다.

계곡 아래에서는 제재소가 분주히 돌아갔다. 오듀본은 벌목이 이루어지는 곳 너머 깊은 숲까지 들어갔다. 그곳에 그가 찾던 새들이 있었다. 새들의 둥지 트는 습성을 확인하고, 알과 둥지, 식물과 꽃을 수집했다. 숲에서 스케치를 한 뒤, 오두막으로 돌아와 그림 그리기를 반복했다. 오두막의 주인은 캠프 감독관이었는데, 숲을 아주 잘 알고 있었다. 두 사람은 아주 친하게 지냈다. 밤에 오듀본이 새와 꽃과 나뭇잎 그림을 그리는 동안, 이 아일랜드인은 번스*의 시를 큰 소리로 읽곤 했다.

소년 시절, 오듀본은 어디선가 황금시대에 관한 이야기를 들은 적이 있었다. 하지만 황금시대라는 것이 과연 존재하는지, 존재할 수 있기나 한 건지 확신하지 못했다. 그런데 이제 확신이 섰다. 오듀본의

⋮ **로버트 번스**Robert Burns(1759-1796) 스코틀랜드의 국민 시인. 민요 〈올드랭사인Auld Lang Syne〉의 작사가로 유명하다

기억이 맞다면, 황금시대는 사람들이 고생하지도 시기하지도 싸우지도 않고 일하며 시와 음악과 자연의 아름다움에 관심을 가지고 행복하게 살아가는 시대일 거라고 생각했다. 하루 종일 일한 뒤 밤에는 번스의 시를 읽는, 솜씨 좋은 아일랜드 나무꾼은 오듀본에게 그런 황금시대를 떠올리게 했다. 오두막에서의 소박한 안락함, 간소한 식사, 새들이 노니는 광활한 숲이 그 아름다움을 더해 주었다.

오듀본은 가을에 그곳을 떠났다. 새로 그린 그림이 40점 정도 되었다. 찬바람을 맞으며 필라델피아로 향했다. 오듀본은 해외에서 인정받은 것을 바탕으로 새로운 구독자가 생기기를 바랐다. 하지만 뉴욕에 며칠 머무르면서 아무런 수확도 거두지 못했다. 배 위에서 어떤 승객이 오듀본을 알아보았는데, 그것이 미국에서 받은 유일한 인정인 셈이었다. 그래도 오듀본은 필라델피아에서 스케치를 완성해야 했다.

나는 혼자 살아가고 있어. 거의 아무도 만나지 않아. 일찍 일어나
산책을 하고 돌아와 해 질 녘까지 일을 하고 다시 잠깐 산책을 해.
힘들 때면 술을 마시고 책을 좀 읽다가 당신과의 앞날을 생각해.
그리고 당신을 영원히 행복하게 해줄 희망을 안고 머리를 누이지.

오듀본은 함께 영국으로 가자며 몇 달 동안 루시를 졸라 댔다. 당장

자기가 있는 곳으로 오라고 했지만 루시는 여러 가지 이유를 대며 오지 않았다. 루시는 혼자서 필라델피아까지 여행할 수 없다는, 루시답지 않은 변명을 했다. 진짜 이유는 말하지 않았지만 루시는 여전히 미래가 걱정스러웠다. 꽤 많은 아이들을 가르치고 있었기에 안정적인 일자리를 포기할 수 없었던 것이다.

결국 오듀본이 직접 펠리시아나로 갔다. 가는 길에 루이스빌에 들러 니콜라스 버사우드의 상점에서 일하고 있던 아들들을 만났다.

루시와 만나게 되어 너무나 기뻤다. 오듀본은 편지에서 했던 이야기를 다시 한 번 반복했다.

"나이가 들수록 당신이 소중해지고 당신과 함께 있고 싶어져."

너무도 오랜만에 펠리시아나에 돌아왔기에 오듀본은 정말 행복했다. 아내와 함께 지내고 옛 친구들로부터 따뜻한 환대를 받으며 자신이 그토록 사랑하던 숲과 늪지에서 일을 하는 것만으로도 충분히 기뻤다. 그림과 스케치 포트폴리오는 점점 더 두툼해졌다. 새뿐만 아니라 사슴과 다람쥐도 그렸다.

어느 날 오듀본은 하벨의 편지를 받고 마음이 상했다. 영국을 떠나 있는 동안 구독을 약속했던 사람들 중 상당수가 예약을 취소했다는 것이었다. 하루빨리 영국에 돌아가야 했다.

루시도 함께 갔을까?

루시는 랜킨 박사의 집에서 가정교사로 일하기 시작한 뒤 20년 동안 어느 정도 혼자 힘으로 살아왔다. 그런데 이제 오듀본은 함께 살자고 했다. 아무리 현재 상황이 좋다 할지라도 책이 출간되려면 8년 이상 걸릴 것이다. 오듀본은 끊임없이 둘이서 함께 ‘행복한 말년’을 보내고 싶다는 희망을 편지로 써서 보냈다. 하지만 아무런 대책이 없었다.

그런데도 루시는 모든 것을 포기하고 영국으로 가기로 했다. 루시의 마음을 움직인 것은 안락함이나 성공에 대한 전망이 아니었다. 당시까지만 해도 오듀본에게 그럴 기미가 전혀 보이지 않았으니까. 다만 오듀본이 자신을 절실히 필요로 했기 때문에 함께 가기로 한 것이었다. 출판과 관련된 복잡한 상황을 처음으로 직접 듣고, 루시는 남편에게 도움이 필요하다고 생각했다.

오듀본과 루시는 영국으로 가기 위해 천천히 움직였다. 가는 길에 잠시 빅터와 존을 찾았다. 두 아들은 루이스빌에 남아 있기로 했다. 오듀본은 그곳에서 영국 박물학자들이 부탁한 오하이오 강 조개껍질을 모았다. 또 친구를 위해 천 마리가 넘는 곤충과 모피, 깃털을 준비했다.

사람들의 지지와 지원을 받기 위해 워싱턴을 방문하기도 했다. 그곳에서 의회도서관을 구독자 명부에 올렸다. 또한 잭슨 대통령의 만찬에도 초대받았다.

드디어 런던에 도착했다. 오듀본은 계획을 이루기 위해 정력적으로 노력을 기울였다. 하지만 동판의 색상에 대해 안 좋은 평을 들었다. 오듀본도 그 평이 일리 있다고 생각했다. 그래서 하벨에게 솔직하게 편지를 썼다.

> 또다시 이런 말을 듣게 된다면 출판을 깨끗이 포기하고 '나의 숲'으로 돌아가겠습니다.

'나의 숲!' 이 단어는 오듀본의 편지에 여러 차례 언급됐다. 하지만 그는 돌아갈 수도 없었고 돌아가려 하지도 않았다. 대신 동판을 일일이 검사하며 색채 화가와 함께 작업을 했다.

몇 달 되지 않아 125명을 기부자 명부에 올렸다. 기대했던 300명에는 이르지 못했지만 출판을 계속 진행하기에는 충분했다. 루시는 여러 가지로 오듀본을 도와주었다. 루시와 함께 온 것이 큰 힘이 되었다.

오듀본의 이름이 널리 알려지면서 비난도 쏟아지기 시작했다. 오듀본은 일기장에 적어 놓았던 방울뱀에 관한 에피소드를 신문에 낸 적이 있었다. 그것은 루이지애나에 머물 때 썼던 일기로, 당시 땅에 엎드려 새 한 마리를 관찰하고 쓴 것이었다.

그런데 흉내지빠귀 둥지를 공격하는 방울뱀 그림이 출판되고 나서 엄청난 소동이 일었다. 사람들은 그 그림이 꾸며낸 그림이라고 했다. 많은 박물학자들이 방울뱀은 나무에 오르지 않으며 방울뱀의 송곳니는 뒤쪽으로 구부러져 있지 않다고 했다. 오듀본은 허풍쟁이만도 못한 사기꾼이라는 비난을 뒤집어썼다.

곧이어 다른 그림에도 엄청난 비난이 쏟아졌다. 이번에는 독수리의 후각에 대한 논쟁이 벌어졌다. 오듀본은 독수리가 후각이 아닌 시각을 통해 먹이를 찾는다면서 독수리에게는 후각이 거의 없다고 주장했다. 당시까지만 해도 사람들은 독수리가 썩은 동물의 냄새를 통해 먹잇감을 발견한다고 생각해 왔다.

붉은목벌새가 침으로 둥지에 지의류를 붙인다는 오듀본의 주장 또한 터무니없다는 반박이 나왔다. 새의 침은 빗물에 금방 씻겨 나간다는 것이 그 이유였다. 그리고 고니 그림 속 노란 수련은 이 세상에 없는 꽃이라고 했다.

오듀본은 과학자가 아니었다. 숲에서 일하는 미술가이며 시골뜨기였다. 미국 개척지에서 생활한 사람이었으며 농담을 할 줄 몰랐다. 오듀본은 자신을 관대하게 받아 준 지식인들 앞에 진지한 글을 내놓을 때도, 에든버러에서 연설할 때도 그림을 그릴 때처럼 그 어떤 것도 꾸

방울뱀에게 공격을 당하고 있는 흉내지빠귀Mockingbird

미지 않았다.

다람쥐를 쫓는 방울뱀 이야기는 너무나 상세해서 가상으로 만들 수 없는 것이었다. 하지만 작은 실수로 반대자들에게 빌미를 주었다. 일기장에 적어 놓은 기록에서 이야기를 가져온 것은 사실이었지만, 오듀본은 뱀의 종류에 대해서는 정확하게 기록하지 않은 채, 그저 '뱀'이라는 단어를 서둘러 써 놓았던 것인지도 몰랐다. 오듀본이 자세히 묘사한 내용을 볼 때, 그 뱀은 검정뱀이었을 수도 있다. 검정뱀은 꼬리를 떠는 것으로 유명하다. 만약 검정뱀이 마른 잎 위로 기어 다닌다면 그 소리는 방울뱀 소리와 구별하기가 쉽지 않았다.

시간이 흐른 뒤 오듀본의 명예는 회복되었다. 일부 방울뱀의 송곳니가 뒤쪽으로 구부러진다는 것이 사실로 드러났기 때문이다. 방울뱀이 나무를 오르는 습성과 관련해서는 오듀본의 말이 옳다는 내용의 수많은 편지들이 도착했다. 방울뱀이 나무와 담장을 기어오른다는 증언도 많이 있었다.

독수리의 후각과 관련해서는 실험을 통해 오듀본의 주장이 사실임이 입증되었다. 이런 찬반양론의 소용돌이 속에서 오듀본이 홀로 외롭게 싸운 것만은 아니었다. 오듀본의 작품을 칭찬하고 오듀본을 지지해 주는 사람들도 있었다. 그리고 시간이 갈수록 지지자들이 늘어났다. 벌새가 침으로 둥지를 튼튼하게 만든다는 사실도 입증되었다.

하지만 안타깝게도 희귀한 노란 수련은 오듀본이 죽고 나서야 발견되었다.

오듀본은 오랫동안 공격을 받았지만 품위 있게 침묵을 지켰다. 그는 속으로 이렇게 이야기했다.

"누가 이기나 두고 보자!"

새와 함께 한 모험들은 다른 모험들과 연결되어 있기에, 오듀본은 이와 같은 광범위한 이야기를 다섯 권의 책에 담아내기로 마음먹었다. 그런데 주위 사람들은 오듀본이 아끼던 말 바로의 이야기에 정확한 것을 좋아하는 순수과학도들이 코웃음을 칠 것이며, 미시시피 강에서의 겨울 이야기를 즐기는 독자들은 솔송나무 딱새의 둥지 트는 습성에 관심을 보이지 않을 것이라고 이야기했다. 하지만 오듀본은 그런 것 따위는 상관하지 않았다. 그에게는 그만의 생각이 있었다. 오듀본은 결코 불가능 때문에 주저한 적이 없었다. 그 책은 오듀본 자신의 책이었다.

《조류학 일대기》 첫 번째 책을 다 썼지만, 출판업자를 구할 수 없었다. 오듀본은 모든 일을 스스로 하기로 결심했다. 그리고 결국 해냈다. 1권은 발간되자마자 호평을 받았고, 이에 고무되어 또 다른 결정을 내렸다. 오듀본은 두 번째 책을 인쇄업자에게 넘겨주고 다시 미국으로 떠날 준비를 했다. 1년이나 2년이 걸릴 거라 생각했다. '새'를

위한 마지막 그림 여행이 될 것이었다. 함께 떠나기로 결정한 루시는
루이스빌에 있는 두 아들을 보러 가기로 했다. 1831년 8월, 둘은 미국
으로 출발했다.

플로리다 키스에서

세인트오거스틴의 자그마한 촌락, 희고 긴 해변, 낡은 군사기지가
있는 곳에서 오듀본은 조바심치며 몇 주 동안 머물렀다. 짧은 기간이
지만 오듀본은 열심히 일에 매달릴 수 있었다. 자연 속에서 그림 그리
는 일은 삶에 생기를 불어넣어 주었다.

지금 오듀본은 그 어느 때보다도 빠른 속도로 그림을 그렸다. 특히
펠리컨, 물떼새, 제비갈매기, 도요새 등 해변과 석호*, 개펄에 서식하는

* **석호渴湖** 강이나 호수와 이어지는 작은 늪.

새들을 자세히 관찰해 보고 싶었다. 뉴올리언스에 있을 때 이미 관찰하고 그려 보았지만, 그중에는 마음에 들지 않는 것이 꽤 있었다. 그것들을 다시 그리며 계절의 변화에 따른 깃털의 변화를 연구하고, 새들의 습성을 기록하며 희귀한 깃털과 조개를 모으고 싶었다. 오듀본은 피츠버그에 갔을 때 친해진 젊은 스위스 미술가 리만과 함께 지냈다. 오듀본은 언제나 미국의 풍경에 대해 관심이 많았다. 이제 풍경이나 물이 있는 배경이 작품에 다양성을 가져다주리라 생각했다. 하지만 풍경을 그리는 건 자신이 없었다. 그래서 리만을 풍경화가로 고용한 것이다. 둘은 함께 스케치를 하고 사냥도 했다.

억새풀에 몸을 웅크리고 장다리물떼새, 노랑발도요, 두루미, 펠리컨, 황새들을 관찰했다. 오듀본은, 앞뒤로 건들건들 몸을 움직이는 자그마한 점박이도요새 같은 익살맞은 새들을 보는 것이 즐거웠다. 루이지애나의 프랑스계 미국인들은 이 새를 '호숫가의 신사' 라고 불렀다.

오듀본은 생각했던 것보다 많은 작품을 완성했다. 마음이 급했다. 도시에서의 답답한 생활을 하고 난 뒤라 드넓은 자연에서 마음껏 일하고 싶었다.

세인트존스로 가는 길이었다. 배가 강어귀에 들어서자마자 허리케인이 몰아치는 바람에 배가 고꾸라지고 말았다. 다음날 날이 밝자 수천 마리의 흰색펠리컨이 해변에서 날아올랐다. 부드러운 녹색 목덜미와 가슴을 가진 플로리다가마우지가 강을 뒤덮고 백로가 강물을 스치듯 날아다녔다. 칠면조는 깃털 모양의 사이프러스 나무 꼭대기에 앉아 있고 악어는 강물 속으로 미끄러져 들어갔다. 이끼로 뒤덮인 강가는 오듀본이 기대했던 바로 그것이었다.

하지만 대부분의 새들이 이미 알고 있던 것들이었다. 어서 빨리 꿈을 이루고 싶은 생각에 마음이 무거웠다. 런던에서는 편지들이 계속 오고 있었다. 오듀본은 선적과 보험 문제, 작품에 대한 계획, 루시와 합칠 계획 등을 생각해야 했다. 아내의 소식을 듣지 못할 때면 무척 고통스러웠다.

계획했던 플로리다 키스°로의 여행 날짜가 다가왔다. 하지만 배는 제 날짜에 오지 않았다. 초조하게 배를 기다리며 근처 사탕수수밭을 둘러보기로 했다. 리만과 다른 노 젓는 사람 두 명과 함께 혹시 새로운 새가 있는지 찾아보러 작은 배를 타고 출발했다. 하늘은 푸르렀고 잘 익은 포도는 아름다웠다. 새 몇 마리를 보았지만 이미 알고 있던 새들이었다.

다시 세인트오거스틴으로 돌아왔지만 기다리던 배는 아직도 도착

: **플로리다 키스**Florida Keys 미국 플로리다 주 남단의 작은 섬들을 지칭한다. 왼쪽에는 대서양이, 오른쪽에는 카리브 해가 펼쳐져 있다.

하지 않았다. 플로리다 키스로 갈 수 있는 방법이 없었다. 여행이 자꾸 늦어지자 오듀본은 힘이 빠졌다. 1년 동안 이 해안가에서 꼼짝없이 오도 가도 못하게 생겼으니 왜 안 그럴까. 오듀본은 하벨과 루시에게 편지를 썼다. 이런 불안 속에서도 루시에게 보낸 편지에는 미래에 대한 확신으로 가득 차 있었다.

> 내 명성은 하늘 높은 줄 모르고 올라가고 있어. 이번 여행을 무사히 끝내고 나면 우리 이름은 더 높이 올라가게 될 거야. 난 내가 하고 있는 일에 확신이 있어. 끝까지 계획을 완수할 작정이야. 당신이 건강하고 편안하길 기도할게.

4개월 정도 지났을 때, 오듀본은 1000개 이상의 깃털, 희귀한 플로리다 조개껍질, 새로 그린 그림 한 묶음을 갖게 되었다. 그리고 마침내 워싱턴의 친구들이 플로리다 키스로 가는 배를 마련해 주었다.

배가 '인디언 키'에 가까이 다가갔을 즈음, 오듀본의 걱정은 눈 녹듯 사라졌다. 이곳은 지금껏 그토록 바라고 바라던 바깥쪽의 경계선에 위치한 신비하고 낯선 세상이었다. 푸른 바다 밑의 엄청난 산호초는 거인 군대가 세운 벽처럼 보였다. 그곳은 화사한 꽃, 신기한 잎을 가진 식물, 야자나무, 맹그로브˙, 씨그레이프˙로 뒤덮여 있었다. 깊은 바다 속에는 비늘돔, 엔젤피시, 나비고기, 말미잘, 해삼 등이 있었다. 오듀본은 그 다양한 모습에 탄성을 질렀다. 해안가마다 수천 마리씩 앉아 있는 새들은 모두 다 처음 보는 것이었다.

배가 정박하자마자 그곳을 잘 아는 안내인 한 명과 몇몇 낚시꾼을 태운 자그마한 보트 한 대가 오듀본에게 주어졌다. 배를 타고 '인디언 키'의 해안가를 지나갔다. 작은 섬에 플라밍고, 백로, 펠리컨, 플로리다가마우지가 무척 많았다. 하늘은 요란스럽게 날갯짓을 하는 새들로 가득했고 조개껍질이 풍부한 해변도 새들로 뒤덮였다.

오듀본은 해가 지기 전에 인디언 키의 안내인의 집으로 돌아와 그림 도구들을 준비해 새로운 새들을 스케치하기 시작했다. 옆방에서는 선원들이 춤을 추었고 시끄러운 악기 소리가 들려왔지만, 긴긴 밤 동안 오듀본의 귀에는 아무것도 들리지 않았다. 오직 그림에만 몰두했다. 오듀본은 처마 아래 해먹에서 잠을 자고 해가 뜨기도 전에 일어나 또다시 탐험에 나섰다. 해가 뜰 때는 이미 바닷가에 나가 있었다.

부드러운 바닷바람이 꽃으로 뒤덮인 섬으로 산들산들 불어왔다. 사

: **맹그로브**mangrove　아열대, 열대의 해변이나 하구 습지에 자라는 관목이나 교목.
: **씨그레이프**sea grape　포도 모양의 열매를 맺는 열대 아메리카산 나무.

람의 발길이 거의 닿지 않은 먼 곳까지 갔을 때, 태양은 수평선 위에서 찬란하게 떠올랐다. 바닷물은 잔잔하게 빛났으며 하늘은 맑고 푸르렀다. 고니 한 마리가 서둘러 육지 쪽으로 날았다. 갈매기와 제비갈매기는 물 위에서 장난을 치고 있었다.

며칠이 흘렀다. 드디어 배가 떠날 시간이 되었다. 오듀본은 개펄에서 조개와 게를 잡았다. 그리고 새들이 오종종 걷고 퍼덕거리며 날아다니는 모습을 지켜보았다. 잠시 뒤 밀물 때가 되자 밝은 빛이 사라지고 먹구름이 태양을 가렸다.

"서둘러야 해요!"

조타수가 외쳤다. 번개가 내리쳤다. 노란 번갯불이 비치고 또 비쳤다. 하늘을 돌던 쏙독새 한 쌍이 번개에 맞아 바다로 떨어졌다. 엄청난 먹구름이 밀려왔다. 마치 독수리가 날개를 활짝 펴고 오듀본을 향해 달려드는 듯했다.

"가만히 앉아 계세요. 가만히 있으면 배가 뒤집히지 않을 겁니다. 가만히 있어야 해요!"

조타수가 조용히 말했다.

배는 엄청나게 흔들렸다. 커다란 물결이 엄청난 속도로 다가오고, 맹그로브 꼭대기가 뿌리까지 구부러졌다. 갈매기와 제비갈매기들은 바다로 곤두박질치고 해변 위로 떨어졌다. 시퍼런 물기둥이 사람들을 향해 날아왔다.

30분 정도 지나자 폭풍이 잦아들었다. 하늘은 언제 그랬냐는 듯 다시 파래졌다. 너덜너덜 찢겨 나간 이파리, 부러진 나뭇가지, 이리저리 흩뿌려진 새들의 시체를 보고 폭풍의 위력을 실감했다.

이런저런 이유로 여행이 많이 지체됐지만 다행히 많은 것을 건질 수 있었다. 오듀본은 야생의 기쁨에 사로잡혔다. 예민해진 감각 덕분에 신선한 표현들이 나왔다. 하지만 지체할 수 없었다. 오듀본은 그곳을 떠나야만 했다. 북쪽으로 가는 중에 사바나에 잠시 머물며 새로운 구독자 여섯 명을 모았다. 그러고 나서 마차를 타고 찰스턴까지 갔다. 이즈음 오듀본은 해적처럼 우스꽝스런 턱수염을 기르고 있었다.

찰스턴에서는 열렬한 환영을 받았다. 타고 가려던 배의 출항이 계속 지연되어 그곳에서 오래 머물러 있었다. 오듀본은 목사이자 박물학자인 바흐만과 친한 사이가 되었다. 두 사람은 사냥을 하거나 새를 연구하는 데 많은 시간을 보냈고 가끔 체스를 두곤 했다.

오듀본은 플로리다 키스에서 북쪽으로 여행하는 중에 새로 사귄 마음 맞는 친구들과 함께 그곳에 남아 있었으면 하는 생각을 했다. 영국을 떠나온 지 벌써 아홉 달도 더 지났지만 대륙의 드넓은 공간이 여전히 오듀본 앞에 펼쳐져 있었다. 오듀본은 로키산맥 탐험에 대한 정부의 지원을 받으려는 희망을 품고 워싱턴으로 갔다. 그러나 뜻대로 되지 않았다. 대신 루이지애나와 플로리다에서 겨울에 본 새들의 보금자리와 새로운 종을 찾기 위해 대서양을 따라 북쪽으로 가고자 했다.

오듀본은 그때에도 열심히 검독수리 그림을 그렸다. 그러다 한번은 몹시 앓았다. 몸이 회복된 뒤부터 가족들이 전폭적으로 도와주었다. 이제 청년이 된 아이들은 오듀본이 새를 찾아 숲을 헤맬 때면 함께해 주었다.

빅터는 새로운 새 그림을 가지고 영국으로 갔다. 그리고 그곳에서 동판의 인그레이빙을 감독했다. 동시에 사업을 책임지기로 했다. 그리고 오듀본은 캐나다 라브라도를 여행하기로 했다. 존도 조수로 함께 가기로 했다. 플로리다 키스를 떠난 지도 벌써 1년이 지났다. 둘은 작은 배를 빌려 출발했다. 배에는 자연과학에 관심 있는 젊은이 네 명도 함께 타고 있었다.

울퉁불퉁한 바위투성이의 캐나다 해안가를 피해 돌아가야 했기에, 항해는 몹시 힘들었다. 좁은 배 안은 일행과 사냥 도구, 그림 도구, 깃털 준비에 필요한 용품, 캠프 도구들로 꽉 차 있었다. 날씨가 좋은 날이면 오듀본은 아침 일찍 일어나 존을 억지로 깨워 그림 작업을 했다.

배는 라브라도 해안을 따라 돌투성이 항만으로 움직였다. 선장이 바위투성이 섬들 사이의 수로를 잘 몰라 배는 힘겹게 이리저리 돌아가야 했다. 오듀본은 모든 것을 기록하고 노트를 채워 나갔다. 연필을 잡기 힘들 정도로 날씨가 추워져도 그림 작업을 멈추지 않았다.

"내가 너무 빨리 늙어 가는 것이 슬프다!"

오듀본은 혼잣말로 중얼거렸다.

함께 사냥에 나선 젊은이 다섯 명은 지쳐 떨어졌지만, 오듀본은 열네 시간에서 열일곱시간씩 밖에서 거의 쉬지 않고 그림을 그렸다. 날씨가 사납거나 폭풍이 불어오는 한가운데에서도 절대 멈추지 않았다. 오히려 플루트를 불어 동료들의 기운을 북돋아 주기까지 했다. 하지만 더 이상 예전처럼 축축한 옷을 입고 잠들 수는 없었다. 자신이 나이를 먹고 있다는 것을 뼈저리게 느끼는 순간이었다. 때때로 비가 오면 작업을 멈추어야 했다.

오듀본의 작품은 예전과 달리 수수하면서도 밝은 빛을 띠게 되었다. 바다오리, 수꿩, 바다쇠오리를 그렸다. 어린 바다종다리 세 마리를 그렸을 때는 정말 기뻐했다. 그것은 인간이 그린 최초의 바다종다리였다!

이번 여행을 통해 23점의 새 그림을 새로 완성했다. 거의 100종의 새를 관찰해 기록을 남기고, 멋진 깃털들과 식물을 수집했다. 돌아오는 길에 다시 귀뚜라미 소리를 듣게 되어 무척이나 반가웠다. 여름밤의 습기 속에서 방금 자른 건초의 싱그러운 냄새를 맡게 되니 날아갈 것만 같았다.

마침내, 《미국의 새들》 완성

《블랙 우즈》의 편집자 크리스토퍼 노스는 난롯가 안락의자에 몸을 기댄 채 생각에 잠겨 있었다. 갑자기 누군가 문을 세차게 두드렸다. 노스는 양탄자 위에 나뒹굴고 있던 슬리퍼를 찾아 신었다. 램프를 들고 계단을 내려가 빗장을 풀었다.

커다란 모피 망토를 입은 키 큰 사람이 안으로 들어오더니, 양손을 내밀며 강한 프랑스 억양으로 인사를 건넸다.

"오듀본이군! 내 친구 오듀본."

3년 전 두 사람은 같은 장소, 같은 시간에 작별인사를 나누었다. 노스는 오듀본의 든든한 후원자였을 뿐만 아니라 개인적으로도 좋아했다.

둘은 밤새도록 이야기꽃을 피웠다. 오듀본은 최근에 있었던 일과 만난 사람들에 대해 이야기했다. 라브라도 탐험이 끝난 뒤, 오듀본은 필라델피아로 갔다. 그런데 그곳에서 빚 때문에 체포되고 말았다. 헨더슨에서의 파산은 여전히 오듀본을 괴롭혔다. 친구들 덕분에 빚을 갚을 수는 있었지만 오듀본은 너무 창피했다. 게다가 돈이 부족해 계획했던 여행도 계속할 수 없었다. 워싱턴 어빙*을 비롯한 몇몇 사람들이 오듀본이 로키산맥으로 여행하는 데 정부의 지원을 얻을 수 있도록 백방으로 노력했지만, 아무런 결실이 없었다.

런던에 돌아와 보니 큰돈이 될 줄 알았던 플로리다와 라브라도에서 구한 희귀한 깃털은 헐값에 거래되고 있었다. 미국 깃털은 시장에 넘쳐났고 가격은 거의 바닥이었다. 유행을 좇는 사람들은 이제 돌과 딱정벌레에 열을 올리고 있었다.

"주먹 크기의 딱정벌레 한 마리가 250달러라니. 딱정벌레는 그저 딱정벌레일 뿐인데! 차라리 내가 딱정벌레라면……."

그래서 어쩔 수 없이 구독자를 모으는 재미없는 일에 다시 매달려야 했다. 하지만 하벨이 새로운 동판을 보내왔을 때, 오듀본은 기분이

: **워싱턴 어빙**Washington Irving(1783~1859) '미국 최초의 단편소설 작가'로 불린다. 문학적으로 가장 성공한 작품은 〈스케치북〉이다.

무척 좋아졌다. 하벨의 동판은 점점 나아지고 있었다.

오듀본은 하벨에게 푸른가슴왜가리 동판에 특별한 주의를 기울여 달라고 당부했다. 한 달 뒤 첫 번째 동판이 도착했다. 새는 완벽했다. 오듀본은 배경만 바꿔 달라고 했다.

다른 일을 하는 중에도, 오듀본은 탐험 중에 스케치해 놓은 새로운 그림들을 완성하는 가장 중요한 일에 몰두했다. 가끔 자신이 하던 일을 완수하지 못하고 죽지나 않을까 두려움에 떨기도 했다. 하지만 용기를 냈다.

"죽음이 나를 노려본다 할지라도 나는 비웃어줄 게다. 끝까지 이 일을 해낼 거야. 내 작품은 세상의 위대한 등대가 될 것이다! 세상의 본보기가 될 거야. 내 작품에 담겨 있는 진실은 자연을 연구하는 사람들에게 빛이 되고 말리라."

순식간에 세월이 흘렀다. 1년이 지나고 또 반년이 훌쩍 지나갔다. 1836년 초, 작업이 서서히 마무리되어 갔다.

막바지 단계가 순탄하지 않았다. 아직도 몇 가지 새들을 더 찾아야 했다. 처음에 계획했던 대로 미국의 새를 모두 다 그리겠다고 마음을 다잡았다.

오듀본은 다시 한 번 대서양을 건넜다. 존을 조수로 데리고 대단원의 여행을 했다. 오듀본은 플로리다의 에버글래드를 거쳐 사바나로 그리고 다시 드넓은 대평원으로 가고자 했다. 여전히 로키산맥에 꼭 한 번 가보고 싶다는 희망을 간직한 채.

1836년 8월, 존과 함께 항해에 나섰다. 상륙한 지 얼마 되지 않아 엄청난 행운이 찾아왔다. 아주 싼값에 깃털 93개를 산 것이다! 단돈 184달러로 산 그 깃털들은 매우 아름답고 진귀한 것들이었다. 오듀본은 자신의 운명이 아직 끝나지 않았다고 생각했다.

하지만 세미놀족 인디언들이 미국과 전쟁을 벌이고 있었기에 에버글래드로의 탐험을 할 수 없었다.* 로키산맥으로의 탐험도 이루어지지 못했다.

우여곡절 끝에 정부의 해안감시선을 얻어 타고 텍사스 해안으로 갔다. 하지만 찰스턴에서 배를 기다리다 육로로 모빌 만(멕시코 만에 속하는 작은 만)으로 가서 그곳에서 또 기다렸다.

오듀본의 삶에 무익한 공간은 하나도 없었다. 배를 기다리는 지루한 몇 달 동안에도 오듀본은 많은 것을 관찰했다. 항상 그랬듯이 새 이외에도 많은 것들을 보았다.

1837년 4월, 마침내 정부의 해안감시선을 타고 일행과 함께 뉴올리

---

* 당시는 플로리다 영토를 두고 미국과 세미놀족 사이에 제2차 세미놀 전쟁이 벌어지고 있었다. 이 전쟁으로 세미놀족은 대부분 항복한 뒤 보호구역으로 이주했다.

언스에서 출항했다. 선장은 언젠가 한 번 플로리다 키스에서 배를 지휘했던 바로 그 사람이었다. 덕분에 지루했던 기분은 말끔히 사라졌다. 오듀본은 다시 한 번 한껏 고무되었다.

배는 천천히 나아갔다. 마침 때가 좋았다. 새들이 봄을 맞아 이동하고 있었다. 오듀본은 익숙한 새들을 관찰해 공책에 기록하고, 깃털의 변화를 연구했다. 배는 텍사스 연안을 따라 갤버스턴 섬 너머로 항해했다. 그곳은 해적 라피트*가 마지막 은신처를 찾았던 곳이었다.

일행이 내륙으로 여행할 때, 오듀본은 텍사스 군인, 멕시코 죄수, 인디언, 공유지의 무단 거주자, 농장주 등을 만나 그들의 이야기를 들었다.

어느 날, 사람들 한 무리가 총을 들고 그들 앞에 나타났다. 오듀본 일행을 그 지역의 농장과 축사를 약탈하는 깡패라고 생각한 듯했다. 해적선처럼 보이는 앞바다의 해안감시선과 길게 자란 수염, 진흙투성이 가랑이를 보고 해적이라고 생각한 게 분명했다. 하지만 우여곡절 끝에 오해가 풀려 신선한 버터와 계란까지 얻을 수 있었다.

오듀본은 여행을 통해 새를 관찰했을 뿐만 아니라 새로운 풍경, 새로운 꽃을 발견하고 아직까지 문명에 물들지 않은 고독한 모험가들을 만날 수 있었다. 새로운 새들을 발견하겠다는 기대를 안고 여행을 하던 때는 이미 지나갔다. 이제 오듀본은 그 어떤 미국의 박물학자보다도 더 많은 새들을 알고 있었다. 이 해안가의 풍부하고 드넓은 평원에서 유용한 과학적 관찰을 많이 할 수 있었다. 북극지방에서만 알을 낳는 것으로 알려졌던 오리들을 발견했고, 텍사스에서는 아직까지 알려진 바 없는 새들의 서식지를 찾아냈다.

천천히 동쪽으로 나아갔다. 찰스턴에 잠깐 머물다 1837년 한여름에 뉴욕에 도착했다. 뉴욕에 도착한 오듀본은 대공황의 위력을 실감했다. 훗날 오듀본은 당시를 이렇게 표현했다.

"은화 1달러도 거의 유통되지 않았다. 모든 거래가 끊겼다. 돈이 모자랐다. 돈도 신용도 새로운 구독자도 없었다."

오듀본은 너무나 낙담했다.

그뿐만이 아니었다. 기존의 구독자들 중 다수가 구독을 취소했다. 미국의 불황은 영국에도 영향을 미쳐 그곳의 구독자도 현격히 줄어들었다.

런던으로 돌아온 오듀본은 어쩔 수 없이 또다시 초상화 그리는 일을 시작했다. 어느 새 그는 성공한 초상화가가 되어 있었다. 하루에 다섯 명이나 그릴 때도 있었다. 하지만 존에게는 아직 명성이 없었기에 큰돈을 벌지는 못했다. 오듀본과 존은 돈에 쪼들렸다. 오듀본은 한꺼번에 여러 가지 일을 해야 했다. 유화를 그리고 대망의 새 그림을 완성하고 《조류학 일대기》를 끝마쳐야 했다.

가족들이 큰 도움이 되었다. 빅터가 존과 함께 일하며 출판과 관련된 모든 재정 문제를 관리했다.

오듀본은 눈코 뜰 새 없이 바쁜 가운데 최선을 다했다. 힐리가 자신의 초상화를 그리는 밤에만 자리에 앉아 있을 수 있었다. 힐리는 나중에 오듀본의 눈에 대해 이렇게 이야기했다.

“이제껏 본 것 중 가장 날카로운 눈매였다. 정말 독수리의 눈이었다.”

힐리는 탁자 옆에 앉아 손으로 머리를 받치고 있는 오듀본의 모습을 그렸다. 전체적으로 피곤에 지친 남자의 모습이었다. 하지만 오듀본 특유의 표정이 그대로 드러나 있었다. 시선이 주위를 압도하는 것처럼 보였다.

공황과는 상관없이 오듀본은 계획한 그림을 모두 그릴 계획이었다. 타운젠드가 두 번째 서부 탐험에서 돌아왔다는 소식을 듣고, 오듀본은 안절부절못했다. 타운젠드로부터 깃털과 노트를 손에 넣자마자 오듀본은 새로운 열정으로 일에 매달렸다.

“이런! 내 손에 아직 그려야 할 것들이 남아 있는데, 《미국의 새들》

마지막 권을 마칠 수는 없지."

　오듀본은 미국의 모든 새를 책에 포함시키겠다고 다짐했다. 그는 쉬지 않고 일했다. 익숙한 발걸음으로 런던 시내를 걸어 다녔다. 모자를 쓴 키 큰 남자는 이제 백발이 다 되어 있었다. 어떤 사람들은 오듀본의 눈을 보고 화가 난 것 같다고 했다. 마치 도시에서의 감금 생활이 너무나 가혹하기라도 한 것처럼 말이다. 동판의 숫자는 원래 계획한 것을 훌쩍 뛰어넘었다. 구독자들 중 일부가 이의를 제기했다. 하지만 상관없었다. 오듀본은 이 마지막 작업의 중요성을 사람들에게 설득했다.

　1838년 6월, 루이지애나를 떠난 지 12년 만에 《미국의 새들》 마지막 책이 완성되었다. 그 안에는 거의 500종의 새가 1,000마리 이상 들어 있었다. 오듀본이 처음 생각했던 300명의 구독자를 얻지는 못했다. 그러나 그동안 있었던 상황의 변화와 여러 가지 어려움 등을 고려해 보면 거의 기적과도 같은 성취였다. 책은 200세트 정도 출판되었다. 출판의 역사에서 《미국의 새들》은 누구도 따라갈 수 없는 이정표였다. 오듀본은 《조류학 일대기》 다섯 권도 거의 동시에 완성했다.

　《조류학 일대기》를 보면 오듀본의 시야를 알 수 있다. 수많은 박물학자들이 개척지를 묘사했다. 박물학자들 중 상당수는 미술가들이었는데, 그중 극소수의 사람들은 사람들의 표정과 장소의 모습을 스케치로 기록하기도 했다. 황야에 사는 사람들을 배경으로 새의 생활사를 들려줄 것을 누가 감히 생각했겠는가. 오듀본은 새와 동물들을 찾아다니고, 식물과 나무의 모습을 재현해 내고 인디언의 생활상을 그려 냈다.

오듀본이 우리에게 보여 준 것은 드넓은 자연에서 생활하면서 자연의 아름다움과 추함, 황량함과 파괴를 받아들이고 오감을 통해 완전하게 즐기는 방식이었다.

늙은 사냥꾼

《미국의 새들》이 완성되었을 때, 오듀본은 하벨과의 관계를 모두 끝내고 루시와 두 아들 부부와 함께 스코틀랜드로 가 휴가를 보냈다.

오듀본은 출판을 끝마치면 미국으로 돌아갈 생각을 하고 있었다. 미국에서 《미국의 새들》 축소판을 낼 계획이었다. 영국과 스코틀랜드와의 작별은 무척 힘겨웠다. 너무나도 고마운 친구들이 많았기 때문이다. 1839년이 끝나갈 즈음 뉴욕에 도착한 오듀본은 열정적으로 《미국의 새들》 축소판 작업에 착수했다. 몇 달 동안의 힘겨운 시간이 흘러갔다. 원화를 다시 그리거나 축소하고 인그레이빙하는 일을 관리했다. 게다가 《미국의 새들》에는 없던 새로운 꽃과 나무를 축소판에 포함시켜야 했다. 그동안 알려지지 않은 12종에 대해서도 간략하게 언급했다.

이처럼 축소판은 새로운 작업이었다. 여전히 구독자도 확보해야 했다. 두 아들이 여러 가지로 도움을 주기는 했지만 구독자를 모으는 일은 오듀본이 직접 해야 했다. 3년 동안 오듀본은 끊임없이 여행하며 이 일을 했다. 심지어는 캐나다까지 가기도 했다. 초판《미국의 새들》의 출판은 거의 돈이 되지 않았다. 다만 사람들로부터 인정을 받는 계기가 되었을 뿐이었다. 하지만 축소판의 출판으로 오듀본 일가는 꽤 많은 돈을 벌었다. 출판 과정이 기계적으로 이루어졌기에, 채색한 인그레이빙은 하벨의 것과 비교가 되지 않았다. 그러나 당시의 다른 조류학 저서들과 비교할 때 일러스트레이션의 정확성은 훨씬 앞서 있었다. 이 책은 사설 도서관에 많이 팔렸다.

출판이 순조롭게 진행되던 1843년 초, 오듀본은 이 일을 존에게 맡기고 빅터와 해리스 등 일행과 함께 장거리 여행을 떠났다. 오듀본은 또 하나의 커다란 모험을 기대했다.

그해 가을, 녹색 담요와 모포로 둘러싼 짐짝이 운하 보트의 벤치에 놓여 있었다. 선실을 분배할 때 승무원이 오듀본의 이름을 불렀지만 오듀본의 모습은 어디에도 보이지 않았다. 다시 한 번 오듀본의 이름을 불렀다. 그 순간, 짐짝이 조금 흔들리더니 모포가 움직였다. 모피 모자, 예리한 눈동자, 하얀 턱수염의 두툼하고 우스꽝스런 모습이 나타났다. 인디언 사냥꾼 복장을 한 오듀본이 자리에서 똑바로 일어섰다. 오듀본은 발끝까지 깃털 장식을 하고 모피, 작은 구슬로 만든 장신구, 곰 이빨, 버펄로 뿔, 그림과 스케치, 노트 그리고 살아 있는 여우, 오소리, 사슴 등 여행에서 얻은 전리품을 갖고 있었다.

오듀본은 혼자였다. 다른 일행은 세인트루이스로 되돌아오는 길에 모두 헤어졌다. 하지만 그의 미주리 여행 이야기를 듣고 싶어 하는 사람들이 주위를 에워쌌다.

필라델피아에 간 오듀본은 가죽으로 된 사냥 옷을 입고 터벅터벅 걸으며 자신을 바라보는 사람들의 시선을 즐겼다. 《미국의 새들》 축소판이 성공을 거두고 난 뒤 구입한 허드슨의 아담한 저택으로 갔다. 그곳에서 오듀본은 열렬한 환영을 받았다. 찾아오는 친구들로 집은 발 디딜 틈이 없었다. 다시 가족이 한자리에 모였다. 두 아들들이 모두 결혼해 아이를 낳아 식구도 불어 있었다.

이 집에서는 키가 큰 느릅나무와 너도밤나무 사이로 드넓고 푸른 허드슨 강의 경치가 한눈에 들어왔다. 사슴과 엘크가 나무 사이를 노닐고, 여우, 오소리, 늑대들이 커다란 울타리 안에서 뛰어다녔다.

비록 야생의 땅은 아니었지만 이 집은 오듀본에게 자유를 가져다주었다. 조용하고 편안하게 일할 수 있는 곳. 오듀본이 루시에게 그렇게

나 자주 이야기했던 '행복한 말년'의 모습 그대로였다.

젊을 때와 마찬가지로 등이 곧고 날씬한 루시는 역경과 낙담의 세월을 이겨 내고 마침내 평화와 자부심을 얻었다. 루시는 모험을 좋아하지 않았지만, 당시까지 알고 지내던 사람들과는 확연히 다른 이 활달한 프랑스 청년과 결혼했다. 사실 그것은 엄청난 모험을 한 셈이었다. 다행히 루시는 천성적으로 검소한 사람이었다.

루시는 오듀본에게 헌신적인 지원을 해주었다. 하지만 그 무엇보다도 행복을 안겨 주었다. 부부는 성격이 너무도 달랐지만 든든한 부부애를 통해 삶을 헤쳐 나왔다.

오듀본은 미국의 네발짐승들을 그리는 데 마지막 열정을 쏟았다. 네발짐승을 좀 더 연구하기 위해 덫사냥꾼들과 함께 미주리 상류로 가기도 했다. 평생의 목표였던 로키산맥은 가지 못했지만 예전처럼 드넓은 공간에서 사냥을 하며 시간을 보낼 수 있었다.

오듀본은 새에 대해 연구할 시간도 부족한 상황에서 시간을 쪼개 수달, 밍크, 다람쥐를 그렸다. 검은 곰이 오하이오 강에서 수영하는 모습, 고양잇과 짐승들이나 퓨마가 잎이 우거진 나뭇가지 사이를 이리저리 돌아다니는 모습, 그 밖에 사슴, 들쥐, 주머니쥐, 너구리 등을 관찰했다. 그의 낡은 포트폴리오에는 동물 그림이 가득했다. 이 그림들은 《네발짐승들》로 출간되었다.

오듀본은 아들들과 가깝게 지내는 것이 아주 즐거웠다. 존은 그림을 잘 그렸다. 존의 그림이 자신의 것보다 뛰어나다며 자기는 더 이상 그림을 필요가 없다고 농담을 하기도 했다. 아내 루시는 늘 곁에 있었고, 친구들도 자주 찾아왔다.

오듀본은 지난날들을 뒤돌아보며 자신의 삶이 퍽이나 '유별났다고' 생각했다. 그렇지만 그는 그 '유별남'을 즐겼다.

"나는 엄청난 수모와 고통을 겪었어. 하지만 마침내 어려움을 이겨냈지."

오듀본은 이렇게 자신이 겪었던 고생을 아무렇지도 않게 루시에게 말했다. 친구들에게는 이런 오듀본이 매 순간을 즐기는 것처럼 보였다.

세월이 갈수록 눈이 어두워졌다. 먼 곳을 보는 시력은 젊었을 때와 다를 바 없었지만 더 이상 그림을 그릴 수는 없었다. 오듀본은 손자들이 뛰어노는 가운데 옛 프랑스 노래들을 부르거나 플루트를 연주했다. 밤이 되면 빅터의 아내가 오듀본이 좋아하는 에스파냐 노래를 불러 주곤 했다.

오듀본은 이렇게 몇 년간 조용한 세월을 보내다 1851년 마침내 세상을 떠났다.

오듀본이 살던 당시, 오듀본의 작품에 대한 비난이 없었던 것은 아니다. 오듀본은 아주 극소수의 독자들과 교제를 했다. 《미국의 새들》을 구독했던 몇 안 되는 사람들, 친구들, 오듀본의 작품 전시회를 본 사람들이 그들이었다. 하지만 이 사람들이 모두 과학이나 예술에 관심을 가지고 있었던 것도 아니었다. 허영심으로 책을 산 사람들도 있었다. 예전에 서적 판매상이 말했듯이, 그저 값비싼 장식품으로 거실 탁자 위에 놓고 보던 사람들도 있었다. 오듀본은 실물 크기의 새를 보여 주고자 했지만, 2절판 크기의 책은 거추장스러웠다. 그런 책들은 쉽게 훑어볼 수 없었다. 축소판의 경우, 1000부 정도밖에 출간되지 않았다. 《네발짐승들》은 작은 판형으로 나왔다.

오듀본의 작품이 지닌 순수한 아름다움은 그림을 본 사람들에게 엄청난 마법을 걸었다. 하지만 그 아름다움 때문에 그것을 미심쩍어하는 사람들도 있었다. 오듀본은 사람들의 기대를 충족시켜 주기도 했지만 적개심을 불러일으키기도 했다. 그의 작업은 시대를 뛰어넘었다. 그럼에도 지금까지 미국 '미술의 역사'에 있어 오듀본의 위치는 제대로 인정받지 못하고 있다.

오듀본은 독창적이었다. 그처럼 독창적인 사람은 당대에는 제대로 인정받지 못하는 법이다. 하지만 영국에서 처음 인정받기 시작한 이후로 오듀본의 명성은 한 번도 의심받은 적이 없었다. 오듀본의 명성은 엄청났다. 오듀본에 가해지는 공격 또한 오듀본의 이름을 널리 알리는 계기가 되었다. 하지만 최초의 계기를 만들어 낸 것은 분명 오듀본의 성격이었다. 오듀본의 유머, 아무도 예상하지 못한 새소리 흉내, 그림에 대한 열정, 일상적인 대화에서 풍겨 나오는 확고한 신념이 바로 그것이었다.

또한 오듀본은 사냥꾼이었다. 때로 무자비하기도 했지만 그 시대에는 흔한 일이었다. 그래도 오듀본은 원시의 자연이 우리의 유산이라는 것을 잘 알고 있었다. 그리고 그 누구보다도 자연을 즐길 줄 아는 인물이었다.

오듀본의 작품이 지닌 순수한 아름다움이야말로 지금껏 우리에게 남겨진 귀중한 보물인 것이다.

오 듀 본 의   생 애   연 표
John James Audubon

1785년	4월, 산토도밍고에서 태어나다.
1794년	3월, 아홉 살 때 오듀본 선장에게 입양되다.
1802년–1803년	파리에서 다비드Jacques Louis David에게 그림을 배우다.
1803년	미국 필라델피아 근처의 밀그로브 농장에 정착하다. 그곳에서 1년을 보내며, 미국 새들에 대해 관심을 갖기 시작하다.
1804년	루시와 약혼하다.
1805년	프랑스로 돌아가서 새를 사냥하며 많은 그림을 그리다.
1807년	로지에와 함께 켄터키에서 장사를 시작하다. 뉴욕에서 물건을 구입해 루이스빌로 출발, 그곳에서 상점을 열다.
1808년	봄에 팻랜드포드에서 루시와 결혼. 함께 루이스빌로 돌아오다.

| 1809년 | 첫째 아들 빅터가 태어나다. |

1810년   선구적 조류학자였던 윌슨과 만나다. 로지에와 함께 헨더슨으로 이주. 그레이트 밴드에서 겨울을 나다.

1811년   헨더슨으로 돌아와 빈센트 놀테를 만난다.

1817년   제재소를 세우다.

1818년   라피네스크와 만나다.

1819년   제재소 파산. 빚 때문에 감옥에 갇히다. 시핑포트와 루이스빌에서 초상화를 그려 팔기 시작하다.

1820년   '새' 책을 출판하기로 결심. 가족을 떠나 메이슨과 함께 뉴올리언스로 떠나다.

1821년   펠리시아나에 머물다. (오듀본의 수작 중 상당수가 이때 그려졌다.)

1826년   영국 리버풀로 향하다. 왕립학술원에서 그림 전시. 《미국의 새들》 출판 계획을 구체적으로 세우다. 에든버러 여행. 리자르스가 인그레이빙 작업을 시작하다.

1827년   에든버러의 왕립학술원에서 동판이 처음으로 전시되다. 런던 여행. 리자르스가 작업을 포기하고, 대신 하벨과 손잡고 일을 시작하다.

1827년   《미국의 새들》 1권 출간.(1838년까지 모두 네 권이 나옴)

1828년	프랑스 파리로 가다.
1829년	미국 뉴욕으로 돌아오다. 두 아들과 아내를 만나다.(아내와 3년 만에 재회)
1830년	잭슨 대통령과 만나다. 아내와 함께 영국으로 떠나다.
1831년	《조류학 일대기》 1권 출간.(1939년까지 모두 다섯 권이 나옴) 세인트오거스틴으로의 항해를 시작하다.
1832년	보스턴으로 돌아오다.(큰 아들 빅터를 영국에 보내 출판 일을 감독하게 했다)
1833년	둘째 아들 존과 함께 라브라도로 항해하다. 필라델피아를 방문했다가, 빚 때문에 체포되다. 워싱턴에서 어빙을 만나다.
1834년	아내, 아들과 함께 영국으로 돌아오다.
1836년	영국에서 미국으로의 세 번째 여행에 나서다.
1837년	존이 결혼하다.
1839년	첫째 아들 빅터가 결혼하다.
1840년	《미국의 새들》 축소판이 필라델피아에서 출판되어 대성공을 거두다.
1851년	1월 27일, 66세로 세상을 떠나다.